猫の神さま ❷
座敷わらし軍団見参の巻

仲野ワタリ

時代小説文庫

JN122041

角川春樹事務所

目次

猫の神さま ②

座敷わらし軍団見参の巻

一　断食療法

神田界隈の通りが西日に白く光り出す夕七ツ（午後四時頃）。

だいたいこの時間になると、代三郎の茶屋は仕事を早めに終えた客たちで賑わう。

とりわけこのところは、江戸の西にある猫手村で製茶業を営んでいる実家から仕入れたばかりの碾茶を目当てにした客が多い。

「ああ、うめえ」

うっとりとした顔で茶を味わっているのは近所の銭屋（両替商）で働く佐ノ助だった。

日々銭を扱うせちがらい商売をしている佐ノ助にとって、茶葉本来の甘味が濃い碾茶は、心に安らぎを与えてくれる良薬のようなものなのだろう。

「佐ノ助さん、そうごくごく飲まないで口のなかでころがしてごらん。もっとおいしいから」

看板娘の於巻に言われて、佐ノ助はふざけたように左右の頰を膨らませたりへこませたりしている。

「本当だ。旨味が口中に広がるねえ。こりゃいいや」

「おい、佐ノ助」

隣で呼んだのは、常連客の初吉だった。初吉は石屋の親方だ。

「ぬるいからって急いで飲むもんじゃねえぞ。碾茶ってのはな、ぬるい湯で入れるからうまいんだ」

「そうそう。熱い湯で入れたんじゃこの味は出ないのよ。さすがは親方、わかっているね」

於巻に褒められて、初老の親方は「へへへ」と照れ笑いを浮かべた。

「代三郎さんは長屋の子らに手習いの手ほどきかい？　あれでやっぱ学があるんだな」

照れを隠すように初吉が奥の小座敷にいる代三郎に目を向ける。

茶屋の裏には代三郎の実家が所有する長屋があり、茶屋の主はその大家も兼ねていた。

「そりゃそうですよ、親方。猫手村の濱田家っていやあ音に聞こえた名家でしょう。代三郎さんも三味線を鳴らしているだけの道楽者と思われちゃ困るってもんだよな」

そう言う佐ノ助は、言われたそばから茶を飲み干していた。

「思っていいのよ。実際、道楽者なんだから。二十二にもなってあれじゃ先が思いやられるわ」

「ははは、於巻ちゃんにかかっちゃ大家の旦那もかたなしだな」

「上の兄様二人も姉様も真面目だっていうのに、あの人だけどうしてああなったんだかね」

そう言う於巻は十七歳。朝から晩まで好きな三味線を弾いているか寝転がっている主と違い、こちらは近所でも評判の働き者だ。まだ赤ん坊の頃に故あって代三郎の祖母がひきとって育てた娘で、身分こそ奉公人だが、代三郎とは兄妹のような仲だった。

二人が、それまで大家をしていた親戚に代わって猫手長屋にやってきたのは四年前のことだ。

代三郎は十八歳、於巻はまだ十三歳であった。このとき二人は、村でも一緒だった茶トラの猫を連れてきた。「栗坊」と呼ばれる猫は、すぐに馴染んで於巻同様、茶屋の「看板猫」となった。

茶屋の奥の小座敷では、栗坊を膝に乗せた代三郎が子どもたちとなにごとか話している。

「へえ、それじゃマルメはそのお侍について北に帰っちまうんだ」

「んだあ、だからこうして三味線旦那のところに挨拶に来たってわけだ」

奥州訛りで答える「マルメ」という名の童女の歳の頃は七つほどか。

人形のような長い髪に赤い着物、それに兵児帯といった姿は長屋の子どもたちとは趣を異にしている。もっとも、その姿がきれいにそのまま見えるのは代三郎に於巻くらいである。

「でも、座敷わらしってのはあれだろ。家に居着くもんなんだろう。お前さんがその人と一緒に故郷に帰っちまったら、残された人たちはどうなるんだ」

「かわりにこのサイサイを呼んだからかまわねえ。おらがいなぐなったらこいつが入るから大丈夫だ」

マルメが隣で茶菓子を頬張っている童子を指さした。こちらは男の子で歳は五つか六つか。代三郎も初めて会う相手だった。

「ちゃんとしてんだな」

「そりゃあな。あのお侍の一家には世話になってっからな。発つ鳥あとを濁さずだあ」

はた目には手習いをしているように見える代三郎にわらしたちだったが、実のところそんなことはしていない。姿を現わしたり隠したりするのも自在なら、その姿を別

のものに見せかけるのも自在、普通の人間には見えているときでもちゃんとは見えていなかったりする、それが座敷わらしというものだ。

「盛岡か。行ったことはないけど、寒いんだろうな」

「そりゃあ江戸に比べりゃ雪も深いしな。だけども精霊にゃそんなこと関係ねぇ」

「ま、そうだろうな」

「寂しいのは旦那のところの茶が飲めなくなることくらいかな」

「泣かせることを言ってくれるじゃないか」

マルメは江戸に暮らす盛岡南部藩お抱えの漢学者の家に居着いていた座敷わらしだった。

話によると、赤ん坊の頃から知っているその家の子息がこのたびめでたく国元の城下にある藩校の師範になったとかで、盛岡に行くことになった。かの地には嫁となる女性も待っている。マルメは晴れて一家をなすその子息について、自分も故郷の盛岡に帰るのだという。

座敷わらしといえば奥州に棲む精霊だ。

しかしそれは昔のこと。江戸に幕府が開かれるや、座敷わらしたちは参勤交代の武家たちや商いの旅人たちなどと行をともにして、南へと下がって来ていたのだった。

全部は知らぬが江戸だけでも数百の座敷わらしがいると代三郎は聞いていた。

その座敷わらしたちが茶屋にやって来るようになったのは四年ほど前だった。

新しく店主になった代三郎に自分たちが「正しく見える」ことがわかったからだった。

「おめはいったい何者だ？」

そう尋ねてきたわらしたちに、代三郎は自分が「魔物退治」であることを告げた。

「魔物ならたまに現われっからなあ。見かけたら教えてやるよ」と協力を買って出てくれた。

江戸の方々に散らばっている座敷わらしたちの目があれば魔物狩りもしやすくなる。

当時はまだ江戸の町の右も左もわからなかった代三郎にとっては、これ以上ありがたい申し出だった。

「それじゃあ、お前らの茶代はただにしてやるよ」

そう言うと、座敷わらしたちは「やったー」とわらべらしい無邪気さを見せてよろこんでくれた。

茶屋の茶葉は三里（約十二キロメートル）ほど離れた実家からただ同然でいくらでも仕入れることができる。茶代をただにするくらいはおやすい御用だった。もっとも、

払わせようにももともと精霊である座敷わらしには持ち金などなかったのだが。

そんなこんなで、代三郎の茶屋には、マルメたち近くに棲む座敷わらしたちがちょくちょくやって来ては世間話などしていくのだった。

日が傾くにつれ、仕事帰りに茶を一杯という客が増えてきた。

初吉や佐ノ助が顔馴染みのそうした客たちを相手に、最近はやっているとかいう「断食療法」について話しているのが聞こえてくる。

「札を柱に貼り付けて断食をすると身体の中の毒が出きって病知らずになる。本当かい、そりゃ?」

疑ってかかる客の一人に、別の客が「どうやら本当らしいぞ」と答えている。

「佐ノ助さん、あれだろ。札売りが売りに来たその札を北側の柱に貼りゃあいいってんだろう。それで断食を始めると、身体ばかりか気もよくなって、果ては商売から家のなかのことまでなんでもよくなっていくっていう」

「そうそう、その通りよ」

佐ノ助が当を得たりともっともらしく頷いている。

「なんでも地蔵菩薩のお導きだってな」

どこで仕込んだのやら、初吉ももっともらしく付け足す。

「そんな札なら俺も一枚ほしいけどな。どこに行けばその札売りに会えるんだい」

「それがよくわかんないんだよ。札売りも地蔵菩薩のお導きとやらで、売りに訪ねる相手を選んでいるらしいんだ」

「ああ、俺もそう聞いている。偶然にでも札売りに会えりゃあ、それだけでも儲け物ってわけだ。少々値は張るようだが、買わないやつはいなかったらしいぜ」

「値が張るっていくらだい、初吉さん」

「本当のところは知らねえが、三両は下らないって聞いたな」

「三両だって？　そんな金、俺は逆立ちしたって出せやしねえよ」

なあんだ、とまわりで聞いていた他の客たちもぼやいた。

「どうせ金持ちのところばかりまわっているんだろう」

「俺たちには関係のねえ話だな」

「だいたい断食なんざ、そんな腹の減ること、俺はごめんだね」

俺も俺も、と男たちが口にする。

「そもそもだよ。身体の中の毒が抜けただの、商売が繁盛するだのって、なにか札の

おかげって証すものはあんのかい？」

自分が始めた話を否定されたのがおもしろくないのか、佐ノ助が「ある」とむすっとした顔で答えた。

「札を貼って断食を始めるとな、おかしなことが起きるそうなんだ」

「おかしなこと？」

「ああ」

声を低く落として身をかがめる佐ノ助に合わせ、男たちは皆ひそひそ話をするように背をまるくした。

「これは俺が商いの仲間から直接耳にした話だ。口止めされているんで詳しいことは言えねえが、飯田町辺りの大店の話だと思ってくれ」

直接耳にした、がきいたのか、客たちは「うんうん」と頷いた。

「十日ほど前だったか、そこの家にも札売りが来たそうなんだ。もちろん、札は買った。買って言われたように札を北の柱に貼った。断食も一家全員で始めた。子どもたちは育ち盛りだから食事を抜かしたのは一晩限りだったそうだが、主人と女房は水だけで三日間を過ごしたそうなんだ」

すると、と佐ノ助の声が大きくなった。

「三日目の晩だったかに、家のなかで妙な物音がするようになったっていうんだよ」

「妙な物音？」

「鼠かなんかじゃねえのかい」

「いいから黙って聞きな。物音がするだけじゃない。置いていた茶碗が動かしてもないのに動いていたり、閉めていた厠の戸がギイと音を立てて開いたり、そんなことが起き始めたんだそうだ」

「幽霊かい？」

「幽霊じゃない」

佐ノ助がもったいぶってそれを口にするのを、離れたところから代三郎たちも聞いていた。

「座敷わらしだよ」

「ざしきわらし？」

「なんだそりゃ？」

「知らねえのか、お前ら」

初吉だった。

「座敷わらしってのはな、家に居着く妖怪だよ」

「妖怪だって？　気味の悪い」

「それが悪くないんだ。見かけもこう、わらべと同じでな、ちっちゃくてかわいいもんよ」

「へえ、親方は見たことあんのかい？」

「ん……まあな」

嘘だ、と小声で呟いたのは代三郎の隣にいるマルメだった。

「あんな霊力のねえじいさんにおらたちが見えるわけがねえ」

「まあ、言わせとけや」

代三郎は苦笑いで流す。

茶屋の客がほらを吹くのは珍しいことではない。興がのってくると嘘だろうが真だろうがなんでもくっちゃべるのが江戸の人間だった。ようはその場がおもしろければそれでいいのである。

初吉親方は嘘がばれていることにも気付かず、べらべらとでまかせを並べている。

「ありゃあ、千住宿のさる屋敷で仕事を請けたときだったな。庭造りを頼まれたんだが、その日に仕事を終えて一晩経って行ってみるとな、まだ手もつけてねえところがきちんと出来上がっていたんだよ」

「そんなことあんのかね」

「俺が言うんだからあるに決まってっだろ。ありゃ、どういうことだと目を凝らして　いるとな、こう、庭木の陰でちっちぇえなにかが動いたんだよ。子どもかと思って覗くとな、おかっぱ頭の娘っこがこっちを見ていてニッと笑ってみせたんだ。ははあん、と納得したね。こいつは座敷わらしの仕業だなって」

「なんで座敷わらしが親方のかわりに仕事をするんだよ」

「さあな。その日は若い弟子たちがほとんど出払っていて、俺と弟の二平太しかいなかったんだ。年寄り二人が重たい石を運んでんのを見て、助けてやろうという気にでもなったんじゃねえかな。実際、まだまだ若いもんには負けねえ力を出せるんだけど、なにしろ俺たちゃ見てくれだけは老いぼれだからな」

「座敷わらしはすぐに姿を消した。一言、礼が言いたいと思った初吉は、家の人間に頼んで母家のいちばん奥の部屋に饅頭を供えさせてもらったという。座敷わらしはその家のいちばん奥の間に棲んでいると聞いていたからだ。

「するってえと、座敷わらしってのは人助けをするいい妖怪なんだな」

「そういうこった」

だからな、と初吉に主導権を奪われていた佐ノ助が皆の耳を自分に引き戻した。

「札を貼って断食を始めると、座敷わらしがその家に居着くようになるんだよ。一度

座敷わらしがついた家ってのは、やることなすことうまくいくようになるっていうのが古くからの言い伝えなんだ」

「ふうん。そんな妖怪ならうちにも来てほしいもんだな」

「そうやって考えると三両も安いもんかな」

「いいや、俺には逆立ちしたって三両は難しいなあ」

客たちががやがや騒いでいるところに、本石町の方角から暮れ六ツ（午後六時頃）の鐘が響いた。

「お、そろそろ帰るか」と男たちは縁台から立つ。茶屋も店仕舞が近かった。

初吉も佐ノ助も姿を消したところで、後片付けをしていた於巻が代三郎たちのところにやって来た。気配に気付いて、代三郎の膝の上で寝ていた栗坊も目を覚まして

「ふわあ」とあくびをした。

「ねえ、聞いていた？　さっきの話」

於巻が座敷わらしたちに訊いた。

「聞いていたよ」

「佐ノ助さんたち、あんたたちのことを話していたよね」

「断食療法なんて聞いたごとねえ」

20

マルメがしらけた顔で答えた。

「じゃあ、あんたたちとは関係ないのね」

「わかんね。もしかしたら誰かよその座敷わらしがかかわってんのかもしれないけど、おらたちの知っている座敷わらしじゃない

んだ、んだ、と居合わせている他のわらしたちも相槌を打つ。

「札を貼ったら座敷わらしが居着くなんてことあるのか?」

そう問う代三郎に、マルメは「さあてな」と肩をすくめてみせる。

「地蔵菩薩様がどうのと言っていたな。もし本当に地蔵菩薩様が関わってんのなら、座敷わらしの誰かが手伝っているってことはあるかもしれねえ。地蔵菩薩様はおらたちの守り神様だからな」

「その札売りとかいうのが適当なこと抜かしているだけじゃねえのか」

サイサイの言葉に、マルメも「んだなあ」と頷いた。

「だいたい家に居着くんだったら、断食だとかそんな意味のねえことは端折って居着きそうなもんだけどな」

「銭がからんでいるのが気に食わねえな」

そう言ったのは、代三郎の茶屋からいちばん近い家に棲む「ミイヤ」という座敷わ

らしだった。

「ああ、なんだか銭儲けの匂いがして嫌だな」

サイサイも同調する。ときによっては居着いた家に金運をもたらす座敷わらしたち

だが、それが目当てとなると精霊らしい清廉さから抵抗を感じるようだった。

「まあ、普段から贅沢している人なら断食のひとつもした方がいいかもしれないね」

於巻の言うように、三両もの金をぽんと出せるといったらどこぞの大店の家人く

いのものだろう。そういう人間は節制のひとつも覚えた方がいい。

「ついでに栗坊もどう？　あんた近頃太ってきたんじゃない？」

頭を撫でられて、栗坊は気持ち良さそうに目を細めた。

「地蔵菩薩様のお導きならいいけどな。そうでねえとしたらことだ」

マルメが気になることを言った。

「どういうことだ？」

代三郎が問うた。

「おらたちは、棲む家は自分で選んできた。昔も今も座敷わらしってのはそういうも

んだ。よしんば他の者の頼みで棲み着いたとしても、最後にそれを決めるのは自分だ。

なのに、さっきの話だと、札を貼られたら最後、その家が好きか嫌いかなんぞにかか

わらず棲み着かなけりゃいけねえみたいじゃないか。同じ座敷わらしの身としちゃあぞっとしねえな。おらだったらその家の者さ気に食わなかったらおもいっきり悪戯さして困らせちゃる」

「んだあ、座敷わらしにも自由はある」

「おらたちゃ誰にもしばられねえど」

ミイヤとサイサイが言うと、残りの座敷わらしたちも「んだなあ」と頷いた。

「自由はあるって、お前らいつも自由じゃないかよ。家にだけいるものかと思ったら、そのへんほっつき歩いているし」

代三郎の言うように、江戸の町ではよく散歩中の座敷わらしに出くわす。誰もそうと気付かないのは、普通の人間には見えたとしてもただの子どもにしか見えないからだ。

「田舎と違って江戸は見るもんがいっぱいあるからな。退屈しねえでいいや」

「マルメ、お前はいつ盛岡に行くんだ」

「あと十日ばかりは江戸にいるさ。その間にまだ行ってねえとこでも行くかな」

「どこだ、吉原か」

「代三郎さん、子ども相手になにいってんの」

「於巻、おらこう見えて人の歳なら七百歳だ」

「あらごめんなさい。つい見かけで言っちゃうのよね」

「こっちのサイサイなんて八百歳だ」

「あらら、ちっちゃいからもっと若いかと思っていたわよ」

「座敷わらしは歳とらねえからな」

「それ言うんなら栗坊だってそうさ」

代三郎が栗坊の背中をさする。茶トラの猫はそれを合図にしたように代三郎の膝から離れて廊下の奥へと消えていった。かと思うと、すぐに水干装束の童子となって戻ってきた。

栗坊が「人の姿」になるからには理由がある。魔物と対決するときか、でなければ人間の言葉で話をする必要があるとき。たいていはそのどちらかだった。

「その札売りなんだけどさ」

十二、三歳の少年と化した栗坊が座敷わらしたちに言った。

「なんか気になるな。見かけたら教えてくれよ」

それと、と栗坊は於巻を見てにこっと笑った。

「近頃太ってきたのは於巻のほうじゃないの?」

「うるさいわね！」

顔を赤くした於巻が手をあげると、栗坊は「うひゃっ！」と猫の姿に戻ってふたた
び廊下へと姿を消した。

二　札売り

ここ数日顔を合わせていなかった医師の巡啓が茶屋に顔を出したのは翌日のことだ
った。

朝寝からやっと覚めた代三郎が寝間着の着流しのまま茶屋に出てみると、往診から
戻ったばかりの医者が縁台に腰掛けてぼんやりとしていた。

「お、巡啓さん。なんだかひさしぶりだね」

「やあ、代三郎さん」

巡啓も長屋の店子の一人だ。いわゆる町医者だが、最近では「名医」という評判が
立っているようで武家や裕福な商家に呼ばれることも多かった。

「疲れたように見えるけれど、難しい病にあたっているのかい」

「そういう代三郎さんは元気そうだな」

「今の今まで寝ていたからね」

「眠りは気の源さ。寝られるうちはいくらでも寝ているといい」

そう話す巡啓の目の下には隈があった。

「巡啓さん、ろくに寝ていないだろう。誰か寝ずの看病でもしていたのかい？」

「看病といったら看病かなあ。一晩様子を見ていたからね」

「どなたか危ないとか？」

「うーん。なんといったらいいか。あれを病といっていいものかな」

「どうしたの巡啓さん。またおかしな病に出くわしたの？」

背中をこちらに向けて茶釜をいじっていた於巻が振り向いてきいた。

「病というよりも、病にならぬうたいながら病になってしまいそうなものが流行っているんで困っているんだよ」

「なにそれ？　頭がこんがらがりそう」

「『断食療法』だよ。最近流行っているみたいなんだが、聞いたことはないか」

「昨日、石屋の親方たちがその話をしていたよ。あれでしょ。家の柱にお札を貼って断食をすると病知らずになるとかいう」

「やっぱり噂になっていたか」

巡啓はやれやれといったふうに肩を落とした。茶をひとすすりして口を開く。

「断食というのはそれ相応の準備をしてほどほどに行なえば悪いものではない。しかし、心得のない者がむやみとするのは危ないだけなんだ」

聞けば、昨晩は懇意にしている湯島の商家に呼ばれて「断食療法中」の主をずっと診ていたのだという。

「もう四日も断食をつづけておられてな。ずいぶん顔色が悪いんだ」

「それで巡啓さんを呼んだわけ?」

「ああ、心配した家族が主には断りなく呼んだらしい。なにごとかと駆けつけてみれば、このままではどうなるかわからぬので明日まで一緒にいてほしいと頼まれた」

「どういうこと?」

「なんでも断食療法を勧めた人間に言われたというんだ。少なくとも五日間は断食をつづけよと。ところが、やってみるとどうも具合がよくない。それで心配になってわたしを呼んだというわけだ」

「断食療法」と聞いて、巡啓は主にただちに断食をやめるようにと注意した。

だが渋々医者を部屋に迎え入れた主に言わせれば、それでは大枚をはたいて札を買った甲斐がないという。

「御利益があるまではやめるわけにはいきません」と言い張る主に、「せめて粥で
も」という巡啓の言葉は通じなかった。

「なによそれ、ばかくさい。そんなわからず屋、ほっといて帰って来ちゃえばよかっ
たのに」

「そうしたかったが、断食療法と耳にしたうえはそうもいかなくてな」

断食はあと一晩経てばちょうど五日となる。

家の者たちに、あと少しだからどうしてももと頼まれたということもあったが、それ
以上に巡啓を留まらせたのは、つい三日前に起きた深川での出来事であった。

三日前の早朝、巡啓は寝ているところを大川の向こうの深川からやって来た急な使
いに起こされた。

そのまま駕籠に乗せられて運ばれた先の材木商の家で見たものは、息を引き取った
ばかりの主の妻だった。この妻もまた「断食療法」を信奉して食を絶っていたという
話だった。

「その材木屋の奥さん、断食療法で亡くなったというの?」

「そうだ。もともと体調が悪かったのだろう。そんなところに断食などするから身体
のあちこちが悲鳴をあげて、ついには事切れてしまったんだよ」

「ひどい話だな、そりゃあ」

「同じことが起きたら困るからな。それで一晩つきあったわけだよ」

「で、なにも起こらなかった、と」

「幸いなことにな。一晩経ってみると、主は上機嫌さ。すっかりやつれた顔で笑っていたよ」

「なんでだい」

「おかげさまで今朝方座敷わらしの足音を耳にしました、札を貼った甲斐がありましたとね」

「座敷わらし……」

「ああ、知らなかったか。断食療法をすると座敷わらしが家に居着いて家運が上がるそうなんだ」

「初吉親方や佐ノ助さんたちもそんな話をしていたわよ。本当なんだ、その話」

於巻が言うと、巡啓は「いやあ」と胡散臭いものでも見たような顔になった。

「本当なものかね。足音だなんて、空耳か聞き間違いに決まっているだろう」

病にかかっていたり身体が弱っているときは幻聴に襲われやすい。

主がそれを聞いたのは、「断食療法」の札を売りに来た男の「信心して断食にのぞ

めば座敷わらしが居着きます」という言葉が頭にあったからに違いない。

「口からでまかせもほどほどにしてほしいものだな。そんなものを信じてしまうほうもどうかしているよ」

あくびをひとつすると、巡啓は「家に帰って少し寝るとしようか」と立ち上がった。

するとそこに長屋のおかみさんの一人がやって来た。

「巡啓さん、さがしたわよ。家の前で診てほしいという人たちが待っているよ」

「そうですか。今行きます」

疲れ気味の中年男の顔が凛とした医者のそれに変わった。

巡啓は銭のない貧乏人でも診てくれると評判の町医者だった。もともとは長崎で学んだ蘭方医だけに漢方だけでなく西洋医学にも長けている。最近では重篤な病に罹ったさる大名家の奥方や姫を治したことが噂になり、大川を越えた深川や本所あたりからも人々がやってくる。そういうわけで、半日でも家を空けようものならたちまち診療を待つ行列ができてしまうのだった。

どうやら夜までは眠ることができなさそうな医者を見送ると、代三郎は茶屋の小座敷で遅い朝餉をとった。いつもは居間で済ますことの多い朝餉を茶屋でとったのは、店番をしている於巻と話をするためだった。

「また『断食療法』か」

「どうも臭いわね」

昨日につづいてだ。しかも今日は御利益どころか死者が出たという話まで耳にした。

「栗坊の勘、当たっているかもね」

「当たっていなきゃいいんだけどなあ」

「そうね」

「当たっていたら、また面倒なことが起きちまう」

「なによそれ、ひょっとして自分が面倒くさいからそう言ってんの？」

「魔物退治なんか面倒くさいだけだよ。こわいし。あーやだやだ」

「面倒くさいからやだ。思ったことをすぐ口にするのが代三郎だった。

「大猫さまが聞いているわよ」

「聞こえるわけないだろう」

大猫さまは代三郎の生まれ故郷の猫手村にある猫手神社の郷神（さとがみ）だ。代三郎を「魔物

退治」にしたてた張本人でもある。

「聞いているわよ」

於巻が指さしたのは、茶屋のいちばん奥の壁にある神棚だった。

棚の上には、二人が江戸に出るときに大猫さまが「わしだと思って置いとけ」と寄越した招き猫の置き物が据えてある。

「聞こえたってかまいやしないよ。会うたび同じこと言ってやっているんだし」

代三郎はケッと悪態をつくと、茶碗に残っていた飯をかきこんだ。

「ところで栗坊は？」

「さあ、どこかで寝ているんじゃない」

「おーい、くーりーぼー！」

呼ぶと「ニャァ〜」と鳴きながら栗坊が家のなかから現われた。

「飯食ったら出かけっぞ」

「稲取屋さんに？　出るには早いんじゃない？」

於巻が言っているのは夕刻に茶商の稲取屋で開かれる予定の三味線奏者の会合のことだった。

稲取屋は代三郎の実家が栽培している猫手茶を取り扱っている茶商で、三月に一度ほど主の趣味である三味線の奏者を集めて弦鳴らしの会を開いている。代三郎も請われて、ほぼ毎回特技の早弾きを披露しているのであった。

「いや、その前に行くところがある。上から三味線を取って来るわ」

二階に行こうとする代三郎に、於巻が「どこに？」と訊いた。

「……深川」

「そう来なくっちゃ」

「うるせえなあ。富ヶ岡八幡宮にお参りだよ」

「よっ、魔物退治の旦那！」

囃されて、代三郎は頭をぽりぽりかきながら階段に向かった。寝所にしている二階から三味線と頭陀袋を持って階下に降りる。その肩に栗坊が飛び乗った。

「ちょっと行ってくるよ」

茶屋を出る代三郎と栗坊を、於巻が「気を付けてね」と見送った。

目指す深川は永代橋を渡ればすぐだった。

「魔物」といえば草双紙などを通じて江戸の人々には馴染みのものである。

「妖怪」や「あやかし」と呼ばれることもあるし、ときにその存在が人々の口からまことしやかに囁かれることもある。

だが、そうした噂の元の元、それを本当にこの目で見たという人間となると、なぜ

か誰も会ったことがなかったりする。つまりは魔物というものは人の空想がもたらす産物。そう世の中では捉えられていた。

が、そうではないことを知っている人間もいるのである。

代三郎がそれであった。

ごく普通の人間であった代三郎が「魔物退治」を宿命づけられたのは七歳のときだ。猫手村の池で溺れかけたところを郷神である大猫さまにすくわれ、なりゆきのはてに「魔物退治」を請け負うことになったのである。

大猫さまによれば「魔物」はこの世のものではなく、ふとしたきっかけで異界からやって来るものだという。その種類は千差万別。共通点があるとすれば、現世に現われた場合は、なにがしか悪事を働くということだ。ときに、それは狂気となって人間に襲いかかる。

大猫さまは代三郎を「魔物退治」に任ずるにあたり、一匹の猫――栗坊と三味線を授けた。

猫の栗坊は必要に応じて人の姿へと変わり、備えた霊力で魔物と直接戦う。

そしてかつて大猫さまが倒した化け猫の皮でつくったという三味線は、代三郎が弦を鳴らすことで相手の力を封じたり、魔物と戦う栗坊にさらなる力を与えることがで

きる。

代三郎と栗坊が初めて魔物を倒したのは代三郎が十五のときだった。

それから幾度かの経験を経て、猫手長屋の大家となった代三郎は江戸の町に出没する魔物退治のいっさいを引き受けるようになった。

「さてさて、今回はどんなやつだかねえ」

栗坊を肩に永代橋を渡る代三郎は、こういうときいつもそうであるように気楽にかまえていた。「札売り」とやらが怪しいのは間違いないが、まだ魔物が関わっているとは断じきれない。むしろこれは「魔物退治」よりも奉行所の扱うところではないかという気もする。

橋を渡ればその先は永代寺に富ヶ岡八幡宮だ。

通りは商いの人間や参拝に行く人々で混雑している。その賑わいは対岸の神田や日本橋（ほんばし）とひけをとらぬものだった。

「なあ栗坊、なんか匂うか？」

肩にのった栗坊はなにも答えず澄まし顔で前を見ている。

猫を肩に乗せた人間か、それとも人間の肩に乗った猫がめずらしいのか、通り過ぎる人々がみんなこちらを見ている。背中にかけた三味線も視線を集める理由になって

いるかもしれない。

「おいおい、目立ち過ぎていけないな。頭陀袋に入るか」

そう言うと、栗坊は低い声で「ンニャ」と鳴いた。外にいたいらしい。

いったん八幡宮を通り過ぎて、木場まで行ってみる。

材木の浮かんだ水路に沿って北へと歩く。目に映るのは材木問屋の店や材木運びの人夫たちや、二人がかりで銘木を切る木挽師たちの働く姿だ。そのなかを三味線を背負って歩く代三郎はこの町ではいかにも異質だった。

「兄さん、三味線職人かい？」

声をかけてきたのは通り抜けようとした道の自身番の老人だった。

「いや、俺は弾く方さ」

「猫を担いでいるからてっきり職人かと思ったよ」

「こいつは飼い猫さ。三味線用じゃないよ」

「きれいな茶トラじゃないかい。俺はまたそいつの皮がはがされちまうんじゃないかとかわいそうになっちまってね」

物騒な会話に、栗坊が「くしゅん」と鼻を鳴らした。

「お、くしゃみしてるぜ」

「こいつは人の話がわかるんだよ」

「へえ、賢いんだな」

ときに、と老人は鋭い目を向けてきた。本題に入ったようだった。

「見かけねえ顔だが、兄さんはどっちの人だい」

「川向こうだよ。神田さ」

自身番には町の治安を守る役目がある。こんなふうに問われるのはよほど風体が怪しいか、でなければこの町でなにかがあったということだ。代三郎の散切り頭に着流しという風貌は道楽者に見えはしても悪人に見られることはまずない。おそらくは本気で怪しいと踏まれているわけではないだろう。

「どうりで見ないわけだな」

「うん。富ヶ岡八幡宮にお参りがてら、ちょいと人さがしをね」

「人さがしか。俺は見ての通りの町の番人だ。なんでも言ってくれよ」

どうするか。試しに口にすることにした。

「ご老人、病除けの札売りを知っているかな?」

「札売り?」

老人の顔色が変わった。

「ああ、なんでも札を貼って断食をすると病知らずになるとかいう。いやね、俺は神田で茶屋をやっているんだけど、客の旦那たちからその札の噂を聞いてね。病知らずになるんだったら母親にでもその札をやれたらいいなと思ってさ。聞いた話じゃこの辺りを札売りが歩いていたっていうんで八幡様に参拝ついでにほっつき歩いてるってわけなんだよ」

「そうか。母親思いなんだな、感心するぜ。だが兄さん、その札売りはやめた方がいいかもしれねえぞ」

「え、どういうことだい？」

「川向こうにゃなんも聞こえちゃいねえか」

「ご老人、なにか知っているんだね。もったいぶらず教えてくれよ」

「ああ……どうしたもんかな。こんなこと話したら、またあいつは口が軽いだなんだと近所のやつらに言われちまうな」

「他言無用というなら約束するよ」

「うーん」

ひとしきりもったいぶったかと思うと、老人は栗坊に向かってこう言った。

「なに？　お前さんも聞きてえっていうのか。まあいずれ瓦版にでもなって出回るだ

ろう話だ。少しくらい早くに知ったところでかまいやしねえだろう。どれ、こそっと教えておくか」

こっちに来な、と老人は木戸の横の自身番屋へと代三郎を誘った。

「猫の耳ならかまいやしねえが、人の耳があるからな」

まるでお前なら安心といったふうだが、初めて会った代三郎を信用しているとはとても思えない。ようするに人の知らない話を誰かにするのが楽しくてしょうがないのだろう。相手が若造であることも老人の気を楽にしているようだった。

「その札売りだがな」

老人は切り出した。

「この先に名木曽屋っていう材木問屋があるんだが、何日か前にそこに現われたらしいんだ」

巡啓の言っていた材木商のことだった。

「俺もこの目で見たわけじゃねえ。あくまで人伝に聞いた話だ。お前さんも誰かに話すときは聞いた相手を俺だとは言うんじゃねえぞ」

誰にも言わぬと約束したというのに、どうせ誰かに喋るだろうと決めてかかっているらしい。

もっとも、内緒話を聞いておりずにいる人間など江戸の町人にいるわけがな
い。老人がそう思うのも無理はなかった。

話は、おおよそのところ知っている通りだった。

いちいち巡啓のことを話すのも面倒なので、「へえ」とか「そらあ気の毒に」とか
と知らぬ顔で感心してみせていると、老人は思わぬことを口にした。

「実はもうひとつあるんだが、これは言っていいもんだか……」

老人はちらりと壁にかかっている突棒や袖搦などの捕物道具に目をやった。

あらためて中を眺め回してみると、町奉行所の保管庫を兼ねた小屋には同心や岡っ
引きたちが捕物の際に使うおどろおどろしい道具類が並んでいた。

栗坊が、代三郎の肩から飛び降りたかと思ったら捕物道具に爪を立てた。

「おい、こら栗坊、なにがりがりやってんだ。やめろ」

「ははは。傷がつくと御用だぜ」

老人が立ち上がって栗坊をつかまえた。

そのまま抱き寄せると、栗坊は舌を出して老人の顎をぺろぺろなめた。代三郎には、
栗坊の目が一瞬光ったかのように見えた。

「おお、やすりみてえで気持ちいいな」

「旦那、話してくれるのはけっこうだけど、一言でも誰かにもらしたらこの身に縄が

かかるなんて類いの話だったらごめんですよ」

捕物道具に相手が怖じ気づいたと勘違いしたか、老人は「こいつはすまねえ」と相

好を崩した。

ついでに腕のなかで「下ろせ」と身をくねらせはじめた栗坊を足もとに放す。

「なに、たいした話じゃねえんだが、町方が絡む話なんでな。いちおう確かめたっ

てわけだ」

「町方が？　でもその亡くなった奥さんってのは断食がもとで死んだわけでしょう」

「まあな。けしかけたからって、その札売りに咎があるかどうかとなるとはっきりし

たことは言えねえ。断食なんてのは昔からあるもんだしな。というか、その話じゃね

えんだ。別の話だ」

「別の話？」

いよいよ座敷わらしかと思っていたが、老人の口から出た話はそれとは別のものだ

った。

「千両箱が盗まれた？」

これは初耳だった。

「おうよ。まだ噂の域を出ねえがな、主人の女房が死ぬか生きるかっていうそのどさくさに紛れて蔵にあった千両箱が全部何者かに持ち去られたっていうんだ」

「全部って?」

「何個か知らねえが、たいそうな数らしい」

だとしたらものすごい額の小判が盗まれたことになる。いったい何両だろうか、見当もつかなかった。

「そんなにたくさん、誰の仕業なんだい?」

「それがまったく見当がつかねえ。いや、その前にとうの名木曽屋が盗まれたことを隠してやがるんだ」

「どうして? だって盗人の仕業でしょ」

「言えねえわけがあるんだよ」

「わけわかんないな、俺には」

まったくもってお手上げ。そんな顔の代三郎に老人は「よく考えてみな」とニヤリとしてみせた。

「大金が盗まれた。なのに町方には訴えることができない。ということは、その金はやましいところのある金だということだ」

「やましいところ?」

「ああ。名木曽屋にはな、前々から疑わしいところがあったんだ」

「疑わしいって、ただの材木問屋でしょう。こう言っちゃ悪いけど、材木問屋なんてのは切り出した材木を右から左へと流して売るだけの商いなんじゃないの」

「その材木だよ。名木曽屋の扱う材木にはどうも裏があるみたいでな。前々から臭いとは言われていたんだ」

「なんだか俺みたいな門外漢にゃぴんと来ない話だね。いったいなにが臭いんだい?」

すると老人は「御料林だ」と答えた。

「世の中にゃ御料林の切っちゃいけねえ木を間引いて売っているやつらがいるらしいんだ」

「御料林の木なんか切ったら死罪じゃないの。誰がそんな危ない橋を渡るんだい」

「そういうことができるやつがいるんだよ。見たところ若いお前さんには想像もつかないだろうけど」

「うん、つかない」

「若いもんはこれだからしょうがねえな。まあ、平たくいやあ、お咎めなしに御料林に入れる連中のことだよ」

「木こりか」

「木こりを指図することができる連中だな」

「わかった。お役人だ」

「そうよ。やっとわかったか」

「御料林はお役人が守っているんだろう。その役人が切っちゃいけない木を売って儲けているっていうの？」

「あくまで噂だよ」

「それに名木曽屋さんが関わっているっていうの？」

「いるんじゃねえかって、これも噂だよ。確かな証はねえ。だが考えてみろ。切った以上は材木は川に浮かべて江戸に回漕（かいそう）しなきゃならねえ。木場に持って来たらどこか問屋を通して売らなきゃならねえ。誰かが売らなきゃ儲けにならねえからな」

「うん、それはわかる」

「その手引きをしているのが名木曽屋じゃねえかっていうのが巷（ちまた）の噂よ。今までは噂は噂でしかなかったんだがな、今度の千両箱の件でますます怪しさが増したってもんだ。名木曽屋はさぞかし歯がみしているだろうよ。女房にゃ死なれる、儲けた銭は盗まれる、でな」

「だけど名木曽屋さんは町方には届けていないんでしょう。どうして千両箱が盗まれたってわかるんだろう」

「そりゃあお前さん、奉行所をなめちゃいけねえな。名木曽屋ほどの大店なら探りを入れるのは逆に難しくはねえ」

おおかた誰か店の者を買収して密偵にでも仕立てているのだろう。それくらいの想像はついた。

「もっとも、名木曽屋といやあ勘定奉行の君平様とは昵懇の仲だ。なんでも前の大火で君平様の屋敷が焼けたときに用材を献上したとかいう話だからな、町方が目をつけたところでなにをどこまでやれるかはわからねえ」

得々と語る老人は、自分がその町方の下っ端のさらに下っ端の自身番であることを忘れているようだった。

「ふーん。いろいろあんだねえ」

で、と代三郎は話をもとに戻した。

「本当に、いったい誰が盗んだんだろうね」

「決まってっだろ」

老人はふんと鼻を鳴らした。

「盗人に決まってらあ」

「あはは。そりゃそうだ」

試しに言ってもみる。

「まさかその札を売りに来た札売りが千両箱を盗んだ、なんてことはないよね」

「そこんとこはさっぱりだ。いずれにしろこの話が本当なら、くそ重たい千両箱をいくつも運び出すんだから、これもまあ手間っちゃあ手間だ。何人かで示し合わせりゃできねえことはねえ。ひょっとしたらとうの名木曽屋で働く者がやったということもある。いや、それがいちばんありえっかもな」

「どうもこれ以上の話は老人からは聞き出せないようだった。むしろここまで聞けただけでもよしとするべきか。

「ご老人、よかったらお名前を聞かせてくれませんか」

「俺か、年吉だ」

「年吉親分か、よしわかった。俺は神田は猫手長屋で大家をやっている濱田代三郎と申します」

「親分はよしねえ。それよか兄さんは、あ、いや旦那は、お武家さんでしたかい」

慌てた年吉に、代三郎はニコッと笑顔で応えた。

「俺はただの町人ですよ。苗字を名乗るのは実家が朱引の向こうで名主をやっているからです。ところで、年吉親分は神田に来ることはありますかね」

「年に一度、女房と神田明神にお参りには行くけどな」

「じゃあそのときにでも江戸橋近くの茶屋を訪ねておくんなさいな。今日の話の御礼にいちばんいい茶に茶菓子をつけてごちそうしますよ」

「江戸橋だったら、ちょうど途中だな。寄らしてもらうぜ」

「そういや、その名木曽屋さんってのは?」

「この先だ。一本道だからすぐにわかるはずだ」

礼を言って番小屋をあとにした。

「おい、栗坊」

ふたたび肩に乗せた栗坊に訊く。

「お前、あの年吉さんにかわいがられたときになにか細工をしただろう」

いくら口の軽い人間だって、会ったばかりの代三郎相手にここまで話すことはないはずだった。

栗坊は、返事をしない。そのかわり瞳孔の細くなった瞳で道の先をじっと見つめて

いる。

「なんか感じるか?」

ひと鳴きもしないところをみると、なにも怪しいものは感じていないようだった。

「無理もないか。三日も経っているしな」

魔物が出たとしても三日前のことだ。すでに相手は別の獲物を見つけて何処かに移っていることだろう。気配がないとしても不思議はなかった。

「それにしても千両箱か……」

耳にしたばかりの話を反芻しながら、代三郎は木場から深川へとつづく道筋を辿った。

三　稲取屋

夕刻まであと一刻(約二時間)ほど、ふたたび大川を渡って神田に戻った代三郎が訪ねたのは、茶商の稲取屋であった。

店に顔を出すと、顔馴染みの番頭がすぐに奥にある広間へと通してくれた。栗坊は眠気を誘われたらしく、肩にかけた頭陀袋のなかでまるくなって寝ていた。

「みなさん、もうおそろいです」

「でしょうね。たいてい俺がびりですから」

番頭の言葉に苦笑いで答えた。

広間のほうからは、すでに誰かの鳴らす浄瑠璃の音色がしている。

「あれは千之丞さんかな」

「さすがですな。弦の音だけでわかりますか」

「適当に言っただけです」

「ははは。代三郎さんはいつもながら人を食った御方ですな」

片側が庭に面した廊下を案内された。途中にある一室の障子が開いていた。稲取屋の主の一左衛門が来客と話をしているところが目に入った。会釈だけして通り過ぎる。

横顔しか見なかったが、来客の男性はその篠懸をまとった身なりから修験者とわかった。江戸に修験者とは場違いな気もしたが、六十余州に商いがある稲取屋だけに、こうした客がいてもおかしくはない。

広間が近づくと、座談を楽しむ声が響いてきた。

「やあ、みなさんお集まりですね」

見ると、稲取屋が懇意にしている商家の主が三人ほど。それに近在の三味線や小唄の師匠方。全部で十人ほどの先客がいた。馴染みの顔もあれば、たまにしか見ない顔もある。

「代三郎、まずはこっちこっち」

手招きしたのは歌舞伎の舞台で地方を務めている千之丞であった。

千之丞は二十五歳。代三郎とは三つ違いの若手の三味線奏者だ。

手に三味線があるところを見ると、今しがた聞こえていた浄瑠璃はやはり千之丞のものらしかった。

「みんなお前が来るのを待っていたんだぞ。誰も茶を飲んでいないんだ」

見ると、茶釜や茶道具が座敷のまんなかに置いてあった。

「これは失礼なことを。茶くらい申し付けてくだされば手前どもが主にかわって入れましたものを。奥の者たちはなにをしていたのでしょうか」

慌てた番頭に、千之丞が「いやいや、いいんです」と断りを入れた。

「今日は代三郎のところの碾茶が目当てでみんな集まったんですよ。これを入れるとなると、代三郎じゃないとね」

「え?」

そんな話は聞いていなかった。

「うちの碾茶を飲むだなんて、俺は聞いていませんでしたよ。まあ、稲取屋さんのこ
とだから、うちの茶を出してくれても不思議はないけどね」

もそもぞと、頭陀袋で寝ていた栗坊が動いた。

「千さん」

いつも呼ぶ口調で千之丞に聞いた。

「客は、こちらにいるみなさんでお揃いなのかな」

「おおかたお揃いのはずだけどな」

そう答える千之丞の目はこころなしか泳いでいた。

「おおかたねぇ……」

いやあな予感がした。猫手村でとれたいちばん新しい碾茶は、つい先日、代三郎の
茶屋にも納められたばかりだ。運んで来たのは姉婿の慎之助だった。義兄はその晩は
代三郎の家に泊まったが、とくに稲取屋に届けるといった話は出なかった。

ということは、ここには誰か他の者が持って来たということだ。

あらためて座にいる客たちの顔を見回すと、みんな代三郎とは視線を合わせようと
はしない。あからさまに顔をそむける者までいるほどだ。

「番頭さん、俺の他にうちの者は来ていますか?」

「どうでしょう。わたしはさっきまで使いに出ておりましたので」

廊下を戻って一左衛門に確かめたい気分だった。が、その必要はなかった。

すっ、と庭とは反対側の襖が開いたのが気配でわかった。

「こいつがどんな茶の入れ方をするかと様子見を決め込んでいましたが、ばかばかし

くなりました」

立っていたのは代三郎と同じで上背のある男だった。

「ゲッ、盛平兄」

猫手村の実家にいる次兄の盛平だった。

「なにがゲッだ。さっきから見ていればなんなんだ、その態度は。ここではお前はい

ちばんの若輩者だろうが。それが年長の方々に対し挨拶ひとつまともにできぬとは。

お前のような者がいては濱田家の名折れになる」

「兄様こそ、いきなりなんですかい。あいかわらずですね」

代三郎には兄が二人いる。長兄の伝蔵もそうだが、五つ離れた次兄の盛平も弟には

厳しかった。

「お前もあいかわらずだらしないな。せっかくの稲取屋さんのお招きだというのに、

せめて羽織くらい着て来たらどうだ。なんだ、その埃っぽい着流しは」

「ちょいと大川の向こうまで出かけていたものでね」

「茶屋も於巻にまかせっぱなしのようだな。そこをどけ。考えを変えた。お前のよう

なやつに貴重な碾茶を入れさせるわけにはいかん」

まあまあ、と割って入ったのは千之丞だった。

「ひさしぶりに会ったのに兄弟喧嘩もないでしょう。盛平さんもまずはお座りになら

れたらどうですか」

「これは、のっけからお見苦しいところをお見せして失礼いたしました」

盛平が謝ると、座にいた人々は「なあに、茶の前の座興と思えば楽しいものです」

「そうそう。それに代三郎さんを見ていれば兄上のお気持ちもわかりますよ」と笑っ

て返した。

「確かにねえ。猫手長屋の代三郎さんといえば、ぐうたら大家で知られていますけど

ね」

などと言うのはこの場の紅一点、小唄の師匠のおまゆだった。

「ここじゃ人をはかるのはいい音が出せるかどうか。その点、代三郎さんはわたしに

や出せない音を出せますからね」

「なるほど、わかりました」

しかし、と盛平はつづけた。

「今日の会は、この代三郎の入れた茶を味わっていただく会です。かりにもその茶をつくった家の者がまともに入れられぬようでは話になりませぬ」

「そんな会だとは、俺はちっとも知りませんでしたね」

まったくどうなっているのだか。

どうせ兄が勝手にそう決めたに違いない。たまたま茶を納めに来たところに弟が来ると知って、急に試すような真似をする気になったのだろう。

「だいたい茶なんか、誰が入れたって……」

「一緒ではない！」

長兄の伝蔵が父親似なのに対し、盛平と代三郎は母親似だ。その代三郎に似た顔が、きっと弟を睨んだ。

「一緒とは言っていませんよ。誰が入れたってそれなりにおいしく飲めると言いたかったのです」

「世間の人たちならそれでよい。が、作り手である我々がそんなことでどうする。最上の茶を最上の味で楽しんでもらいたい。その心がけがなければ茶をつくる資格など

ない」

はじまった。兄たちは製茶に関しては優れた才を持っているのだが、どうも観念的過ぎるのだ。

「お前はまさか作法をわきまえぬ入れかたをして客に飲ませているのではあるまいな」

まあまあまあ、とまた千之丞が割って入った。

「代三郎の茶屋はいつも賑わっています。それがなによりうまい茶を出している証拠ではないですか」

「場所がいいだけ、ということかもしれません」

立地がいいのは事実だ。日本橋に近く、神田はもとより大川の対岸からも来やすい。付近に水茶屋があまりないこともあって客の入りはけっこうなものだ。

もっとも、それが代三郎の手柄かというとそういうわけではない。

茶屋を開いたのは祖父である。まだ代三郎が生まれる前、遠縁から猫手長屋の権利を譲り受けた祖父が、大家が営んでいた乾物屋をついでとばかりに茶屋に改造したのである。以来、茶屋は親族の誰かが長屋の大家と兼任で営んできた。代三郎はそれをそのまま引き継いだだけの話だった。

「盛平さん」

手前にいたおまゆが呼んだ。

「兄弟仲がおよろしいのもけっこうですけどね、わたしらいい加減喉が渇いてしまって仕方がありませんよ。そろそろ本当に茶にしてもらえませんか」

「わかりました」

頷いた盛平が茶釜に近づいた。

「あれ、俺が入れるんじゃないんですか」

「考えを変えたと言っただろう。お前は見ていろ」

「そりゃないな。せっかくなんだから手伝いますよ」

「ならば、湯を寄越せ」

「はいはい。番頭さん、すみませんが急須を余分に持って来てくれませんか」

すぐに急須が運ばれてきた。代三郎は沸騰している茶釜の湯をそれに移した。さらにまたそれを薬缶に戻す。二度、三度と同じことを繰り返す。

客たちは、不思議なものでも見るようにその様を眺めていた。誰も口を挟んではこない。

幾度か入れ換えたあと、「貸してください」と兄の手にある急須を受け取った。

茶葉の入ったそれに、湯を注ぐ。黙ってそれを兄に返した。

戻ってきた急須を、盛平は取っ手を持つのではなく、手の平に乗せた。少し間を置いたのち、急須を持つ手が底から取っ手へと移り、並んだ茶碗に茶を注ぎ始めた。

ほのかに黄色い茶が、その気になればひと飲みで空になりそうな小さな茶碗を満たしてゆく。

茶が客たちのもとに運ばれた。

「一煎目です。一気にお飲みになるのではなく、まずは口のなかで転がしてください」

そう兄が言うや、座敷のあちこちから「うっ」「おっ」といううなり声が響いた。

「これは……」

珍奇なものでも見るように、茶碗に残った茶をまじまじと覗き込んだのは呉服屋の主だった。

「うまい!」

盛平が「どうも」と頭を下げた。呉服屋の主だけではない。あっと言う間に各人の茶碗が空になった。

おまゆが目をまるくしていた。

「色が薄いからてっきり味も薄いかと思ったのに。なんなの、この物でも食べているような味わいは」

盛平が説明した。

「みなさんが舌で感じられたのは茶葉の旨味です」

「茶葉にはもともと旨味が凝縮されているのです。それを極力引き出したのがこの碾茶なのです」

碾茶というのは、わざと陽が当たらないように覆いをして栽培した茶のことを指す。

そうすることで、茶葉には旨味がたまる。

盛平の蘊蓄に、みんないちいち大仰に頷いてみせる。それだけ碾茶の味に感動したということだろう。

「では二煎目をどうぞ」

これもさっきの要領で湯を渡す。急須の茶葉は開ききっていない。二杯目も味の濃さはほとんど落ちていないはずだった。

「苦味がまったくありませんな」

呉服店の店主は驚きっぱなしだった。

「湯の熱さがちょうどよろしいんですよ」

先ほどから黙って見ていた番頭が言った。

「みなさんも見ていておわかりでしょう。代三郎さんが湯加減を調節していることを」

番頭は全員が頷くのを待ってつづきを口にした。

「茶葉の旨味を味わうには、このくらいの湯がちょうどいいのです」

「いちばんいいのは、手の平に置ける程度の熱さです。それができぬようならまだ熱い」

盛平が言葉を付け足す。

「弟は自分ではそれを確かめず、頃合いを見てわたしに渡しました」

まあ、と兄の鋭い眼光が代三郎に向けられた。

「どの茶葉にどのくらいの熱さの湯が適しているか、これにもそれくらいのことはわかっているようです」

とりあえずは及第といったところか。

「さすが血は争えないわね」

おまゆが感心してみせた。

「ところで、御兄上の方は三味線はたしなんではいないんですか」

「あいにくわたしはなにも」

「兄は、剣をたしなむほかは製茶一筋でしてね」

三煎目の湯加減を調整しながら言った。

「家の中ではいちばん茶葉に詳しいのがこの盛平兄なんです。上の兄もいい茶をつくりますが、盛平兄にはかないません」

「おだててもなにも出ないぞ」

「別にごまをすっているわけじゃありませんよ。本当のことを言っているまでです」

「お前も、この茶が入れられるならとりあえずは茶屋をまかせておいて大丈夫なようだな」

そこへ、廊下をこちらに近づいて来る足音がした。一左衛門が来客の修験者をともなって現われた。

「みなさま、お待たせいたしました。こちらは美元殿、手前どものお客様にございます」

客の名だけ紹介した一左衛門は、自分の席についた。かわりに番頭が一礼して姿を消した。

「一左衛門さん。余興は済みましたので」

「そうですか。その急須の茶は盛平さんが入れられた茶か。それとも代三郎さんが?」

「二人で入れました。新しいのを入れましょう」

「わたしは今あるものでけっこうですが、美元殿にすでに使った茶葉の茶を出すのは申しわけない。お手数ですがお願いしてもよろしいでしょうか」

「この美元のことでしたらおかまいなく」

修験者がさえぎった。

「相応の茶師の方とお見受けいたしました。どの茶であってももうまいことでしょう」

「まあ、どうせなら一煎目からお飲みください」

さっきまでの要領で盛平に湯を渡す。新しい茶葉が、旨味たっぷりの茶をつくった。

「これは美味な。このような茶には滅多にお目にかかれませんな。いや、初めてといっていいです」

茶を一口すするや、真面目な顔をしていた美元の口もとがゆるんだ。

「ああ、これはいい。この茶にめぐりあえただけでもお訪ねした甲斐があったというものです」

「お忙しき身には染みいることでしょうな。どうですか、今晩はここにお泊まりになられては」

一左衛門のすすめに、美元は「いや」と首を小さく振った。

「先刻から申しているとおり、このあとも行くところがありましてな。みなさまに一説お伝えしたらおいとまいたします」

そこで、「そうだ」と一左衛門が言った。

「茶はどうでしょう？　水のみという話でしたが、茶はいけませんか」

「いや、茶ならかまいますまい。今いただいたこの茶ならば、空になった腹も喜ぶに相違ない。問題はなかろうと思います」

「それはいいことを聞いた。ならば茶を飲むことにします」

「なんの話をしているのだが、『ときに』とおまゆの声がしたのはそのときだった。

「美元さんは三味線はお好きですか。この会は今日のところは茶飲みの会みたいになっていますが、わたしらいつもは三味線を鳴らして遊んでいるんですよ」

「ほお、これはお邪魔をしたようです」

「来たばかりじゃないですか。どこが邪魔なもんですか」

「このような楽しみの場にわたしのような粗忽な者が入っては無粋というものです。用が済んだら去りますゆえご容赦のほどを」

「わたしゃ別に怒っちゃいませんよ。三味線を聴いていかれますか、と訊いているん

です」

「もちろん、お聞かせ願えれば嬉しく思います」

「そいじゃわたしからいきますかね」

おまゆが三味線を抱えて小唄を鳴らし始めた。

合わせて本人が『柳橋から小舟を急がせ～』と歌い出す。喋っているときのおまゆは十代の生娘のような弾けた感じの声を出すが、歌っているときの喉を絞ったような声は大人の女のそれだった。

『柳橋から』ですか。さすがおまゆ師匠、空気が伝わってきますねえ」

短い曲が終わったところで、千之丞が感想を口にした。

「いかがでしたか、美元殿」

一左衛門は客をよほど気遣っているらしく、顔を覗きこむように訊いた。

「今の小唄は、吉原で遊ぶ男と遊女のやりとりをうたったものです。美元殿のような御方にこんな俗世の歌をお聴かせするのはご無礼でしたかな」

「無礼で悪かったわね」

おまゆが口を尖らせた。

「おまゆさん、へそを曲げないでくださいな。美元殿は、それ、修験者ですから」

「その修験者がなんでこんなところにお出でなんですかね。　山伏といったら山にいる
もんじゃありませんかい」

「役目がございましてな。　それで山より下りて各地をまわっているわけです」

美元が答えた。

「お役目ですか。　それはごくろうさまでございます」

「みなさまにおかれましては、病にお困りではございませぬか」

病。　その一言で、全員が美元に食いついたのがはたからもわかった。

「あるいは商いに憂いはございませぬか」

美元はたたみかけた。

「家のなかに、なにか悩みごとはありませぬか」

商売繁盛に家内安全。　誰もが関心を持つ話題だった。

「わたしの役目は、そうした憂いをこの世から減らすことでしてな」

「で?」

おまゆが訊いた。

「稲取屋さんになにを売りつけたっていうんですかい」

いきなり喧嘩腰のおまゆを、心配そうにみんなが見つめる。　おまゆは視線を気にせ

ずにつづけた。

「ひょっとして、お札かなにかじゃないですかい」

美元の表情は変わらなかった。

「この札を柱に貼って断食をしろとかするなんて、一左衛門さん、そんなことを言わ
れたんじゃないですか」

「おまゆさんは、すでに知っておいでだったか」

おまゆの勢いに一左衛門はうろたえ気味だ。そのおまゆは、いつの間にか般若のよ
うな顔になって美元を睨みつけている。

「ああ、知っていますとも。美元さん、あなた、深川の名木曽屋、ごぞんじですか
い?」

「名木曽屋? 　深川ですか。あいにくわたしは江戸の町にはうといもので」

「ふん、とぼけてんだかなんだか知らないけど、わたしはわたしの知っている話をさ
せてもらうよ」

えらい剣幕のおまゆを前に、まわりの男たちはしんとしている。みんな不穏な空気に緊張しながらも、おまゆの話

千之丞も盛平も黙って見ている。

に興味を抱いているようだった。

「あれは三日前のことだよ」

おまゆが語ったのは、代三郎が知っているとおりの話だった。

知らなかったのは、名木曽屋の妻が小唄を習っていて、その師匠がおまゆだったということ。そして札売りが修験者であったということだった。

「美元さん、あんたは知らぬというけれど、名木曽屋さんを訪ねた札売りも修験者だったそうだよ。よしんばあんたじゃなくても、同じ穴の狢ってやつじゃないかい。おかしな札を高値で売りつけて、断食などやらせて、挙げ句に命を奪ってしまう。あんまりったらあんまりじゃないかい。そんなでたらめ商売、わたしが許さないよ」

青ざめた顔の一左衛門の隣で、美元は澄ましていた。

「人聞きの悪い話を。あなたは名木曽屋さんの亡くなった奥さまにその話を聞いたのですか」

「おていさん……名木曽屋の奥さんは信じきっていたよ、その札売りのことをね。ありゃ亡くなる前の日の稽古のときだったね。すっかり痩せほそっちまったらからいったいどうしたんだって聞いたら『断食療法』について話してくれたよ。断食を五日もつづけりゃ病知らずになって、おまけに幸をもたらす座敷わらしが居着くだなんだと。今思うと、そんなでまかせ信じちゃいけないっってとめるべきだったよ」

とにかくね、とおまゆはつづけた。

「あの人を弔(とむら)った帰り道、わたしゃ富ヶ岡八幡に誓いを立ててたんだ。絶対にその札売りをとっつかまえてとっちめてやるってね。美元さん、あんたじゃなきゃあんたの仲間か誰かがやったんだろ。知っていることを全部この場で吐いちまいな。まさかこんなにすぐに尻尾(しっぽ)をつかまえることができるとはねえ」

腕をまくったおまゆは、いまにも美元に飛びかからんばかりだった。

「人殺し扱いとは、あんまりな悪い話ですな」

美元は静かな目でおまゆを一瞥(いちべつ)し、それから全員の顔を眺め回した。

「いかにも、その札を売ったのはわたしの朋輩(ほうばい)です」

座にいる者同士、顔を見合わせた。

「しかし、なにか誤解があるようですな」

美元が脇(わき)にあった包みを開いた。なかから札を取り出し、かざすように見せた。

「おまゆさんと申されましたな。これがその〈病知らずにして座敷わらしを呼び込む幸の札〉です」

庭の池が反射する光にでも当たったか、その瞬間、札が白く光った。

「この札をお渡しするのは、わたしが修行をした寺の御本尊である地蔵菩薩様のお慈悲を受けるに足ると選ばれた御方々のみと決められております。幸いにしてみなさまにはそれにふさわしき信仰心があるとお見受けいたしました」

美元の言葉に、誰かの「ほう」という声が聞こえた。

「一枚三両にてお分けしております。いかがですか、みなさんも」

「三両？　これは安いものだ」

答えたのは呉服屋の主人だった。

「ですよねえ。幸は自分一人のものにしてはいけない。そう思って美元殿をこの場にお通ししたのですよ」

一左衛門はニコニコしている。盛平までが「断食か、茶の味を感じるにはかえってよいかもしれぬな」などと言っている。

どうもおかしい。札を見た途端、みんなそれに魅せられてしまったようだ。

「美元さん」

おまゆの声は、さっきまでとは違いやわらかかった。

「わたしにも一枚、売ってもらえるかねえ」

豹変ぶりに、代三郎は思わず「はあ？」と声を出してしまった。

美元がたしなめるような視線を投げて寄越した。

「ああ、いやあ……素晴らしいお札ですね。うちにも一枚ほしいや」

「ぜひどうぞ。時をかけて霊力を封じ込めたものでありますから、それ相応の喜捨はお受けすることになりますが、得られる御利益ははかりしれませぬ」

「でも、断食をしなきゃならんのですよね。俺にできるかなあ」

「それもお札が助けてくれます。札を正しき場所に貼れば、不思議と空腹を感じずに食を絶つことができるのです」

「名木曽屋さんの女房みたいなことになりゃしませんかね」

「その方はきっとご運がなかったのです。亡くなられるようなことは滅多にありません。なに、五日間のことです。五日間は札の御力でほとんど夢心地でいられます。そしてそれが明けたときには病知らずとなり、家には座敷わらしが居着きます」

そうねえ、とおまゆが頷いた。

「おていさんはきっと、運が悪かっただけなのよねえ」

しなでもつくりそうな声だった。

「それ、もう一度これを御覧あれ」

かざした札がまた光った。

「ああ、神々しいこと」

おまゆはうっとりしている。

おまゆだけではない。誰もが天女でも見るような目で札を仰いでいた。盛平も千之丞も一左衛門も、みんな惚けた顔をしていた。代三郎もそれを真似た。

「そうだ……美元さん」

「なんですかな」

「すばらしいものを見せてくれた御礼がしたいのです。俺の三味線、聴いてもらえますか」

「もちろんです。お聞かせ願えますか」

では、と代三郎は立ち上がって離れた場所にある三味線を取りに行った。ついでに頭陀袋を軽く蹴飛ばした。

「起きてんだろ」

小さく呼ぶ声に、もぞっと、なかの栗坊が動いた。

「出てこいよ」

振り返った代三郎は、三味線の弦をまとめて何本か鳴らした。じゃーん、という音が広間に響いた。

美元の顔が、一瞬ひきつった。

「俺のは、おまゆさんとは違って早弾きでね」

ベンベンベベベン、ベンベンベベベン。

かき鳴らされる三味線の音に、美元は思わず札を手にして立ち上がった。

「どうなされた？」

一左衛門が訊いた。

「ははは。こんな三味線を弾くのは代三郎くらいのものだからな。驚かれましたか」

千之丞が笑っている。

代三郎は弾きながら、ずりっと一歩前に出た。足もとには頭陀袋から出てきた栗坊がいる。

「おっ、栗坊じゃないか、いたのか」と千之丞が手招きする。

ずりっ、ずりっ、と前に出る代三郎に、美元がたじろいだ。

「稲取屋さま」

「なにか」

「お伝えすることはお伝えいたしましたゆえ、次の用向きもあることですし、このへんでおいとまいたします」

「それはまた急な」

「さっきも申したではないですか」

下げていた札を美元が一左衛門にかざす。

「承知いたしました」

代三郎は三味線をさらに強く鳴らした。見ると、美元の顔面は蒼白だった。

美元が代三郎に札を向けた。

「なんの真似だい、それは？」

三味線の音は止まない。代三郎の足もとで栗坊が「ウニャア〜」とうなり声を出した。

「栗坊、こっちにおいで」

千之丞が手をのばし、栗坊を横から抱いた。

代三郎がそれに目を向けたときだった。「では」と美元が畳の上の包みを拾って急ぎ足で部屋から出て行った。

「あっ、美元殿」

一左衛門はきょとんとしている。なんとまあ、慌ただしい」

「出て行かれてしまった。

「お前が汚い音を聞かせるからだ。なんだあの品のない音は」

三味線を弾く手をとめた代三郎に、盛平が毒づいた。

「あ、札がない。札まで持って行かれてしまった」

一左衛門が慌てた。

「俺が追いかけてもらってきますよ」

代三郎が千之丞の腕のなかにいる栗坊をふりかえった。

「栗坊、来い」

縄から抜けるように栗坊がするりと出てくる。

「みなさんは楽しんでいてください」

愛猫を従えて、代三郎は廊下に出た。

すでに美元の姿はない。

店のなかにもいない。仕事に戻っていた番頭に尋ねると「こちらには来られません でした」という。履物も残ってはいなかった。

手代の一人が「来たときは裏の戸から上がられましたので、そちらでは」と言う。

すぐに外に出て裏通りに走った。

こちらにも姿はなかった。だが、栗坊がなにかを感じたらしく、一方に向かって猛

然と走り出した。代三郎も裾を持ち上げてそれを追った。

四　座敷わらし

日暮れが近かったが江戸の中心部である。往来はまだ行き交う人で混雑していた。走る代三郎を見て、「なんだ」「喧嘩か？」と振り返る人々がいる。

「はあ、もう無理だ」

息が切れて足をとめたのは神田川近くまで来たときだった。

栗坊はどこか。

川辺まで出て見回すが、目に入るのは夕刻の風になびく柳の木や岸につないだ舟くらいであった。このあたりは町人地と武家地が入り組んでいて、同じ神田でも猫手長屋のある南側に比べると人通りは少なかった。

「おーい、栗坊」

こっちかな、と西の方角に歩いた。

美元はどこに消えたか。川を越えて不忍池の辺りまで行ったかもしれない。

それとも、通り過ぎてきた辻のどこかに潜んでいるか。とにかく、さっきのあの慌

てようは尋常ではなかった。

「代三郎」

声がした。きょろきょろしていると、「こっち」と家々に挟まれた小道から水干装

束の童子となった栗坊が顔を覗かせていた。代三郎も小道に入った。

「あの男、どこに行った?」

「すぐそこの空き家に隠れている」

「逃げられたかと思ったぜ」

「逃げ足は並の人と変わりなかったよ」

「そうか」

しかし、稲取屋のあの広間で見せた札にはおかしな力が宿っていた。

あれをかざされた途端、座にいた者は代三郎をのぞいて全員が美元に対する疑念を、

まるでそんなものなどなかったかのように忘れてしまった。

それになにより、代三郎が三味線を鳴らすや取り乱して逃げ出したところなど、ま

ったくもって怪しい。

「深川の帰りに、まさか稲取屋さんで会うとはなあ。運がいいと感謝すべきかな」

「どうする？　できれば捕まえて口を割らせたいね」

「お前はどう思う？　あれは生身の人間か」

「ついてみないことにはわからないな。でも三味線に青い顔をしていたってことは

「……」

「人に化けた魔物かね。できれば稲取屋さんの広間で吊るし上げたかったんだがな」

「千之丞さんに邪魔されちゃったね。でもいいや、へたに実は魔物でしたなんてこと

になったら、あそこにいたみんながたいへんだった」

「あいつの話が本当だったら、札売りは他にもいるんだな」

「そうみたいだね」

「面倒くさいことになりそうだな」

「面倒は片付けるしかない。やるよ！」

「おう」

　小道には他に人の姿はなかった。栗坊はぱっと猫の姿に変わると、狙いをつけた空

き家の塀を飛び越えた。そして童子の姿に戻って、代三郎のために向こう側から門の

かかった戸を開いた。

　そっと門をくぐり抜ける。

空き家は小振りの武家屋敷だった。なにか事情があって一家皆で引っ越したらしい。

「あいつはどうやって入ったんだ」

ひそひそ声で話す。

「さあ、ぼくみたいな技を使ったのかも。でなけりゃ忍びの鍛錬でも受けているのか
も」

「俺（おれ）たちが魔物退治だって気付いたかな」

「あれだけ派手に三味線を鳴らされちゃたまんないでしょ。代三郎、念を送りまくっ
ていたよね」

「まあ、逃げられはしたけれど尻尾（しっぽ）を出してくれて助かったよ」

外した門をもとに戻し、いつでも弾けるように三味線を抱えた。

栗坊の手が腰から下げた根付（ねつけ）の太刀にふれた。太刀は一瞬にして本物となり、栗坊
の手に握られた。

栗坊、代三郎の順に忍び足で母家（おもや）に近づく。

栗坊がふれると、母家の戸が開いた。

簡単に中に入ることができるのはありがたい。もっとも、内部に誰（だれ）かいるのなら物
音と射（さ）し込んだ外の光ですぐに侵入者の存在に気が付くはずだ。

「暗いな」

「人間は不便だね」

栗坊がもう一度猫に戻って家の奥へと入ってゆく。代三郎は、光の届く戸の近くで目が暗さに慣れるのを待った。

少し遅れて、自分も廊下を奥へと進んだ。

幸いなことに襖や障子の類はすべて取り払われているようだった。狭い場所でいきなり襲いかかられるよりはいい。

左右に部屋があるところまで行って、立ち止まった。閉じた雨戸の隙間から、わずかに光がこぼれている。

耳を澄まし、目を閉じた。五感を研ぎすまして気配を窺う。

どれくらいたったか。

がさっ。　離れたところで音がした。

目を開く。真っ暗闇に浸っていたおかげでさっきよりは部屋の内部が見通せる。それでもまだ暗い。部屋の隅まで移動して、栗坊の動きを待った。

物音が響いた。音が重なる。

栗坊が暴れている。別のなにかも。

「ニャーオ！」

威嚇する声。次いで「代三郎！」と声が響いた。

「魔物だ！」

「よし」

返事をすると同時に、おもいきりすぐそばの雨戸を蹴った。衝撃で雨戸が外れた。もう一枚、蹴飛ばす。部屋のなかが明るくなった。できれば屋敷の外に聞こえるような派手な音はたてたくなかったが、背に腹は代えられない。

右手で撥を振る。

ベン！と三味線を鳴らす。見れば、廊下を隔てた向こうの部屋で、栗坊が太刀を構えていた。そちらにはまだ十分に光は届いていない。

もう一枚、雨戸を蹴飛ばして室内を移動する。栗坊の向こうで黒い影が蠢いている。代三郎は三味線をかき鳴らしながら、栗坊に近づいた。

「ぐふうう」

魔物が苦しげに唸っている。が、勢いはない。すでに栗坊に一太刀か二太刀喰らっ

ているようだった。

「こいつ弱いよ。　使い魔みたいだ」

「油断するな。　そう見せかけているだけかもしれないぞ」

魔物のなかには使い魔を手下として操る者もいる。

使い魔は、たいていの場合、もとを辿ると獣や虫などの生き物だったりする。しょ

せんは下僕なので、魔物に比べればはるかに与し易い。

蠢く影はぐにゃぐにゃと形を変えている。

人の形に近いかと思えば四本足のなにかのようでもあり、あるいはそのどれでもな

い半液状の物体となって収縮している。

「代三郎、三味線をゆるめて」

栗坊に言われて早弾きを弱める。　三味線の音色が放つ圧力に動きがとれずにいた影

が「ふうー」と息を吹き返した。

「お前、使い魔だろう。　主はどこだい？」

栗坊が尋ねた。

「もとの姿はなんだ。　現世のものなんだろう。　素直に教えてくれればもとに戻して

やる」

ふうう、ふうう、と、影は答えずに呼吸を繰り返している。

収縮とともに、形が四つ足へと変化していく。さっきまでは人の姿をしていたが、

もともとは獣だったのだろう。

「代三郎の三味線を聴いて顔色を変えたな。わかりやすすぎるよ、お前」

栗坊が太刀を構えなおした。

「残念だなあ。なにも答えてくれないのなら、滅するしかないよ」

最後の反撃を試みようとしているのか、影が大きく膨らんだ。

天井までのびた影が、四肢を広げて栗坊を抱き込もうとした瞬間だった。

「鳴らすぞ！」

代三郎の撥が、目にも止まらぬ勢いで弦を弾いた。

「ぐわあっ！」

影がのけぞった。

力強い音が響く。

影は頭を抱えてもがき苦しんだ。

「今楽にしてあげる」

栗坊が、影の胸とおぼしきあたりに太刀を突き刺した。

室内に閃光（せんこう）が走った。

代三郎は三味線を弾く手をとめた。

眩い光に閉じた瞼を開いたときには、もう影は跡形もなくなっていた。

背中を向けていた栗坊が振り向いて、太刀を鞘にしまった。

「あっけなかったな。やっぱり使い魔か」

「正体を明かさなかったね。あの美元っていう人が乗り移られているのかとも思ったのだけど、人間に化けていたただけみたい」

栗坊の手にあった太刀がするすると小さくなり、根付となって手の平に乗った。それを帯に紐で下げる。帯には他に小さな弓や笛などの形をした根付もぶらさがっている。どれも魔物退治で使う道具類だった。

「だとしたら、少なくともそれを操っている魔物がどこかに潜んでいるということだな」

「使い魔も、今のやつだけじゃないみたいだね。あいつの言っていた朋輩とかいうのはみんなそうなんじゃない」

「てっきり魔物そのものかと思ってことを急いでしまったな」

はあー、と代三郎はため息をついた。

「慌てるなんとかはもらいがすくないってやつだな」

　最初から使い魔とわかっていれば対応の仕方も違った。

ひとまずは騙されたふりをしてあとをつけるとか、うまく乗せて喋らせるとか、な

にか別に手立てもあったはずだ。

「まあ、めげてもしょうがないよ。逃げられなかっただけましでしょ」

「ちっ、お前は気楽でいいよな」

「まあまあ、お土産もあることだしさ」

「お土産？」

「あれ」

　栗坊が指さしたのは、部屋の奥に転がっている包みだった。

　拾ってみると、あの断食療法の札が入っていた。

「隠す暇もなかったんだな」

　札は手にとってみると、なんということはないものだった。表面に書かれている文

言も「南無地蔵菩薩」だけで、なんの変哲もない。

「とりあえずはこれだけでも収穫と言えるかな」

「そうだね」

「雨戸をもとに戻して帰るとするか」

外に出て、はずれた雨戸を取り付けていると、塀の外から男たちの声がした。

「なかに誰かいるというのか?」

「確かに音がしたんです。それに、なんだか三味線の音みたいなのが聞こえていました」

この空き家に関係している人間たちらしかった。少なくとも二人はいるようだ。

代三郎と栗坊は顔を見合わせた。

門の扉ががたがたと鳴った。

「門はかかっているぞ」

「そのようですな」

じっと身を潜めていると、「おーい」という声がした。

「誰かいるのか?」

代三郎の目配せに、栗坊が頷いた。

「ニャァ～ン」

「ん、猫か」

外にいる人間にも鳴き声が届いたようだった。猫に戻った栗坊が、門の方へと回り込んで塀に飛び乗った。

「ニャァァ〜ン！」

威嚇するように鳴く。

「なんだ、猫じゃないか」

「鼠でも追いかけていたんですかね」

「猫同士の喧嘩かもしれんぞ」

「たいそう派手な音を立てやがって。おいお前、ここはなあ、空き家なだけで人の住む家なんだぞ。出てけ」

「猫に言ってもわかるまい。鼠を退治してくれているならありがたいではないか」

「またそんなことをおっしゃって。縁の下で子どもでも生まれたらどうします？」

「猫の世のことは猫にまかせておけばいい」

声の調子からして一人は武家で、もう一人はこの家の管理を任されている町人といったところか。

栗坊がもうひと鳴きする。あとは外の道に飛び降りたようで、気配がなくなった。

男たちもうまい具合に立ち去ってくれた。代三郎はそれを確かめると、はずした雨戸をそっとはめ直した。

門を外したままでは誰かが入ったとわかってしまうので、屋敷の裏にまわった。

思ったとおり木戸があった。外に錠がかかっていたが、脇の塀は表側よりもだいぶ低かったので簡単に乗り越えることができた。

小道に下りて着物にまつわりついた埃をぱんぱんと手ではたく。盗人にでもなった気分だった。

魔物退治も楽ではない。

見上げると家々の軒と軒の間に星が瞬いていた。

朝から忙しい一日だった。

栗坊はおそらく一足先に帰っている。

代三郎はあとを追うように猫手長屋への道筋を辿った。

長屋に戻ったときには、茶屋はすでに於巻によって閉められていた。

木戸をくぐって長屋の中庭に面した戸を開けると、奥の竈で於巻が夕餉の支度をしているところだった。「お帰りなさい」と声が飛んできた。

入ってすぐの居間にはすでに膳が並んでいた。

「栗坊は?」

竈に顔を出して声をかける。

「さっきまで猫まんま食べていたけど、今は上で寝ているんじゃないかな」

「あいつからなにか聞いたか」

「まだ。餌くれ餌くれニャアニャアってそれだけよ。すごくお腹を空かしていたみた
い。あの様子だと深川まで行った甲斐があったみたいね」

「いろいろあった。けどまだ片付いちゃいない」

「それなら夕餉を食べて力を蓄えなさいな。それとも湯屋に行く？」

「疲れたから俺も飯を食って寝るよ」

「ちょっと待ってて。あとはご飯と味噌汁をよそうだけだから」

「汗をかいちまった。からだを拭く。手拭いを濡らしてくれ」

「はいよ」

濡れ手拭いが飛んできた。汗で汚れたからだをぬぐった。

「稲取屋さんで兄様に会ったよ」

「伝蔵さん？　それとも盛平さん？」

「盛平兄」

「あらら。みなさんの前でお小言でも喰らったの」

「隣の部屋に隠れて、俺がどんな茶を入れるか見ようとしていやがったよ」

　ぷっ、と於巻が吹いた。

「盛平さんらしいな。代三郎さんが心配でならないのよ」

「はあ？　どうしてお前はそういい方にとるのかな」

「だってそうじゃない？」

「兄様が心配なのは、猫手茶と濱田家の評判だよ」

「いいお茶は入れられたの？」

「入れたのは兄様さ」

「なんだ。結局そうなったのね」

「違うだろう」と後ろから声がした。

「湯をいい塩梅にしたのは代三郎じゃないか」

「あら栗坊、起きたの」

　猫の姿で二階で寝ていたはずの栗坊は、また人の姿になっていた。

「話しておきたいことがあってね」

「夕餉を食べながらでもいいか」

「かまわない」

　於巻と二人で食事にする。栗坊も茶を飲んだ。代三郎は今日あったことを於巻に話

しながら箸を進めた。

「ふうん。おまゆさん、亡くなった深川の材木問屋の奥さんに小唄を教えに行ってい
たんだ。偶然だね」

「ああ。それにしても千両箱まで盗まれたとはな」

「巡啓さん、千両箱のことはなにも言っていなかったね」

「知らないか、名木曽屋のことは。巡啓さんのこと

だから、人に頼まれたらそれに応えるだろうよ」

「名木曽屋さんに悪い噂があることは知っているのかしらね」

「どうだろうな。そこまでは知らないかもな」

「なにか関係しているのかな。例の断食療法と」

「まだわからない。いずれにしろ、もうちょっと慎重にやりゃあよかったよ」

そこまで言って、思い出した。

「あ、そういや稲取屋さんに戻らずそのまま帰って来ちまったな」

「その使い魔、退治したんでしょう。どうにかなっているんじゃない?」

「だとは思うけどな」

於巻の言う通り、稲取屋にいた面々はすでに美元のことを忘れているはずだった。

自分がいないことも「代三郎さんは用があって中座した」程度の認識でいるのではなかろうか。

大猫さまに言わせると、「魔物とは本来この世に存在しないもの、よって人がそれを見ても頭のなかには残りもせぬ」のだという。

都合のいい話にも聞こえるが、実際、これまでも似たようなことが幾度もあった。人はたとえ魔物やその使い魔を目にしても、それが退治されてしまえば申し合わせたかのようにきれいさっぱり忘れてしまうのであった。　難しいことはともかく、どうもこの世と魔物との関係はそういうものであるらしい。

「ところで代三郎」

黙って話を聞いていた栗坊が口を開いた。

「あの札、持ち帰ったでしょう」

「ああ。そこにあるよ」

壁に立てかけた三味線の下に札の入った包みがあった。

「貼ってみない？」

「この家にか。俺に断食をしろっていうのかよ？」

「そんなことは言わないよ」

「わたしもしないわよ」

「於巻もしなくていいよ」

「栗坊、お前がしたらどうだ。最近食い過ぎだろう」

「ぼくもしない。というか、しなくていいの。そんなことすると、かえって向こうの思う壺だよ」

「どういう意味だ」

「断食なんかすると人は普通じゃなくなるでしょ。おなかが減って、頭もふらふらするし。ぼくが魔物だったらそういうところを狙って悪さを働くけどな」

「なるほど」

「一理あるわね」

「ただし、逆にもし相手がどこかから、そう、たとえばこの札を通してこちらを窺っていたとしたら、断食をしない相手を警戒して出てこないってこともあるかもしれないけれど」

「それもありだな」

「あの使い魔を倒してしまったのだから、もうなにも起きないかもしれない。でも試してみる価値はあるよね」

代三郎が包みの札を取り出した。

「なにもしないうちからあれこれ考えてもしかたないか。えーと、北の柱とかって言っていたな」

「じゃあ、二階の柱にでも貼ろうよ」

於巻が提案する。

「なんで二階なんだよ」

二階は代三郎の寝所だった。長屋に来たばかりの頃は一階のこの部屋に寝ていたのだが、朝があんまり遅いものだから「これじゃ掃除もできやしない。邪魔よ」と於巻に二階に追い立てられてしまったのだ。

「どうせ出るなら代三郎さんの近くに出た方が退治するのに楽でしょ」

「やられちまったらどうするんだよ」

「大丈夫よ。栗坊もいることだし」

「勝手なこと言いやがって」

「わたしこそ嫌だよ。へんなものが出てきたら」

於巻は一階のこの居間と竈の間にある小部屋で寝起きしていた。

「座敷わらしだろう。どうってことないじゃないか」

「自分だって、やられちまったらどうするんだなんて言っているじゃない」

待って、と栗坊がさえぎった。

「いちばん北側の柱っていうのは、ようするに家のいちばん奥の部屋ってことでしょう。この家だったらこの部屋じゃないの」

南側に面した茶屋を表と見なすなら、ひとつながりの建物のなかでいちばん北側となると、確かにこの部屋がそうだった。

「ここに貼れっていうのか」

「それがいいんじゃない？」

「と、栗坊が言っているぞ、於巻」

とうの於巻は、「はいはい」と観念した顔で立ち上がった。

「じゃあ、ここに貼っちゃいましょ」

「いいのか」

「しかたないでしょ」

於巻が「寄越しなさい」と代三郎の手から札を奪った。

竈の釜から米粒をすくい、それをつぶして糊代わりにし、中庭につづく戸の横にある柱にぺたんと貼り付けた。

「そのかわり、今晩からわたしも二階で寝るからね」

「ま、そのほうがいいかな」

「寝ているときは戸に錠をしておいたほうがいいんじゃない」

「そうだな。やすやすとは逃げられないようにしておこう」

物の怪には壁や戸くらい平気で通り抜けてしまう力を持つ者もいるが、この家には大猫さまのまじないがかかっている。家自体を破壊するような怪力の主ならともかく、座敷わらしくらいならとじこめるのは造作もないことだった。

「順番で寝ずの番でもする?」

「そうしよう。最初は俺が起きているよ」

ん、と気付くと、栗坊が猫に戻ってまるくなっていた。

「あらら。疲れたのね」

「使い魔だからって、本気でやりあったからな。どれ、上に運んでやるか。お前、湯屋はどうする?」

「行って来る。それともすぐに座敷わらしが出てくるかな?」

「たいていは何日かかかるみたいだけどな」

「それなら平気ね」

膳を片付けると於巻は湯屋に出かけた。

代三郎は栗坊を抱いて二階に行き、布団を二人分敷いた。枕元に栗坊を置く。猫は一瞬目を開けたが、すぐにまた閉じて顔をまるくなった身体の中に埋めた。

自分も楽な姿勢でいようとごろんと布団の上に横になると、すぐに眠気が襲ってきた。「起きているよ」と言ったばかりなのにこれだった。

ま、いいや。

まさかすぐには出てこまい。それに半刻（約一時間）かそこらで於巻も帰って来る。

目を閉じると同時に、代三郎はすうすうと寝息をたてはじめた。

あれからどれくらい過ぎたのだろう。いいや、まだそうは経ってはいないはずだ。

目が覚めたのは、一階の物音に気付いたからだった。

誰かが歩きまわってなにかをしている。

於巻か？

隣の布団に於巻が寝ている気配はない。

となると、湯屋から帰ってきた於巻が柄杓に水でも汲んで飲んでいるのではなかろうか。

　薄目を開けて首を動かすと、やはり隣に於巻の姿はなかった。栗坊はさっきと同じ場所でまるくなったままだ。

　かたことと小さな音が響いている。於巻のやつ、なにをしているのか。さっさと寝ないと湯屋であたためた身体も冷えてしまうだろうに。

　音に栗坊も目を覚ました。のそっと立ち上がり、部屋から出て行く。とんとんとん、と階段を下りる音がする。喉でも渇いたか。よくあることなので気には留めておく。それより睡眠だ。寝よう、寝よう。

　ふたたび深い眠りの底に落ちようかとしていたそのときだった。

「ちょっとあんたなにしてんの?」

　二階まで、於巻の声が聞こえてきた。

　栗坊がなにかおいたをしたようだ。

　……ばかなやつ。

　ふっと笑みを浮かべてそのまま寝る。

「はは――ん、狙いは銭ってわけね」

　於巻が怒っている。

「ふざけんじゃないわよ。あんたそれでも座敷わらし?」

「え?」

「こらっ、逃げるんじゃない」

なに?

「栗坊、つかまえて! そんなとこ逃げても無駄よ」

がばっと布団から飛び出た代三郎は、階段を一階まで飛び降りるように駆け下りた。

「於巻、どうした?」

居間は暗い。竈も廊下も暗い。寝る前に行灯を消したのでほとんど真っ暗だ。

「こっちよ」

竈のもっと向こう、茶屋の方から声がした。

「そんなところに隠れても無駄よ。丸見えなんだから出ていらっしゃい」

どうやら何者かが茶屋のなかに逃げ込んだらしい。於巻と栗坊に追い詰められているようだった。

竈まで行くと、暗闇のなかで、ひとつながりになっている茶屋の小座敷に浴衣姿の於巻が背中を向けて立っていた。

「代三郎さん、灯りをお願いしていい?」

「待っていろ」

竈のおき火で灯明（とうみょう）をつけた。近くにあった行灯にも火を移した。

灯明を持って於巻の横に並んだ。

「そこ」

「どこにいる？」

灯明をかざすと、土間に置いた縁台の上に栗坊が乗っている。その先に、しゃがんで隠れているなにかがいる。

「座敷わらしか」

「小僧さん。出た家が悪かったわね。わたしたちにはあなたが丸見えなの」

でも、と於巻は言った。

「心配しなくていいわよ。わたしたちはあなたたち座敷わらしとは仲がいいんだから。この茶屋にはしょっちゅうあなたたちの仲間も来るのよ」

代三郎は草履（ぞうり）をつっかけて縁台の上まで灯明を運んだ。

火に照らされた相手を見下ろす。壁の隅で小さくなっている座敷わらしがびくついた顔で「ど、どうして？」と訊（き）いてきた。男の子だった。

「なにがどうしてなんだ？」

「どうして、思うように素早く動けないんだ」

男の子は困惑していた。

「ははは。ここはそういう家だからだよ。出た家が悪かったって言ったろ」

「なにかまじないでもかかっているっていうのか」

「そうだな。お化け屋敷だからな」

「ひえっ、お、お化け！」

「お前だってお化けだろう。なにびびってんだ」

「お、お、俺をとって喰っちまうのか。そ、その猫、まさか化け猫じゃねえだろうな」

「ありゃ、ばれた？」

ニャア〜と栗坊が抗議の声をあげた。

「ははははは、冗談だよ。それよかお前、あの札から出てきたのか？」

「うっ」と黙った男の子に、後ろから於巻が「そうよね」とたたみかけた。

「札から出てきて、家の中を漁っていたところを湯屋から戻ってきたわたしに見つかっちゃったのね」

「なんであんたには俺が見えたんだよ。おまけにこんなに暗いのに」

「悪いことはできないものね」

於巻は問いには答えずに追い詰める。

「見たところ魔物ってわけじゃなさそうね。素直に答えなさい。なんであんたは座敷わらしのくせに家捜しなんかしているの。誰かに言われてやっているの？」

「だ、誰かにって……」

「あの『断食療法』ってなんなの？」

「知らねえよ。俺たちはただ、断食をしてたいへんな人がいるからそばに出てやれって言われてんだ。そうすりゃその人は俺たちのことをありがたがってくれるからって」

「ありがたがってくれて、それで？」

「ただ、その家にあるのはよくねえ銭だからとってこいって……」

「銭をとってこい？　あんたにそんなばかなことを吹き込んだのは誰？　札売り？」

「じ、地蔵菩薩様だよ」

「仏様がそんなことを言うわけないでしょ」

「だって、本当なんだよ」

訴える座敷わらしの顔は真剣だった。

「ちょっと待て」

代三郎は座敷わらしの顔をじっと見た。

「なんか、どっかで見た顔なんだよな。お前、どこの出だ?」

「は?」

「お里だよ。お前の言葉にゃ奥州訛りが少しもない」

「そ、それがどうかしたのか」

座敷わらしはぴんとこないといった顔をしている。

「この茶屋に来る座敷わらしは、みんな多かれ少なかれ言葉に奥州の訛りがあるんだよ。なのにお前の喋りときたら江戸の子どもと変わりゃしねえ」

「だって俺は江戸の生まれだもん」

「座敷わらしも江戸で代替わりするってことか。どうなってんだ」

「どうもこうもないよ。俺はただ言われたことをやっているだけなんだ。お札から飛び出したら、そこんちにあるいちばん高いものか銭を持って帰るってな」

「どこへだ」

「地蔵菩薩様のとこだよ」

「その地蔵菩薩様とやらはどこにいるんだ」

「寺だよ」

「寺？　お前、寺から来たのか」

「俺だけじゃねえ。みんないる」

「みんな？」

「それより、なんであんたたちには俺が見えるんだ。生きている人にゃだれも俺のこ
となんか見えるわけないのに」

「俺たちはそのへんの人とはちょっと違うもんでね」

「やっぱお化け？」

「お化けじゃねえよ、一緒にすんな」

なんだかおかしい。お化けをこわがる座敷わらしなんて聞いたことがない。

「お前、名前なんていうんだ」

覗き込んで訊いてみた。

「……三太」

「三太か、立てよ。甘いもんでも食わせてやる。ここは寒い。あっちに来い」

観念したらしく、三太は代三郎と栗坊について居間まで来た。すぐに於巻が器に
せた羊羹をふるまった。

「わあ、羊羹」

「うまいぞ、食え」

三太は嬉しそうに羊羹を頬張った。

「甘いなあ。こんなのひさしぶりだ」

「そうか。よかったな」

「これ、おっかさんが好きなんだ」

「おっかさんのいるあんたが、なんで座敷わらしなんかやって人の家に入り込んだの」

於巻も、目の前にいるのが自分たちのよく知っている座敷わらしではないことに気付いているようだった。

「地蔵菩薩様にそうしろって言われたから?」

「言われたとおりにやってくれば、またおっかさんの子どもにしてくれるっていうから」

「三太、あんたとおっかさんは離ればなれになっているわけね」

「うん」

「また子どもにしてくれるって、どういう意味?」

「それは……」

「ん、栗坊、どうした？」

横にいた栗坊が代三郎の足を爪で引っ掻いていた。

「あれ、焦げ臭くない？」

於巻が鼻をくんくんとさせた。行灯を見るが異常はない。

「あっ」

見つけたのは、柱に貼った札だった。札に火がついてめらめらと燃えている。

「消すんだ」

立ち上がったところで、三太が「うわあ」と悲鳴をあげた。

「うわっうわっうわっ」

目をむいて叫ぶ三太の五体はぶるぶると震えていた。

「どうした三太？」

「わあああっ、わあああああああ──────っ！」

絶叫する三太の身体が、絞った雑巾のように細くなっていく。これには代三郎も驚いた。

「おいっ、三太！」

三太は回転しながら紐のように細くなり、しゅるるっという音とともに宙に飛んだ。

「はぐぅぅぅぅぅ──」

座敷わらしはその声を最後に燃え盛る札に吸い込まれてしまった。

一瞬の出来事に、代三郎も於巻も啞然とするほかなかった。

「なによ……これ」

「於巻、どいて」と後ろから栗坊の声がした。

また人の姿になった栗坊が、竈の水瓶から汲んできた桶の水を柱に浴びせた。

火が消えた。

札は灰ひとつ残さずに燃え尽きていた。

「なんてこった……」

まさか家の中でこんなことが起きようとは、すっかり油断していた。

「あの子、口を塞がれたね」

栗坊が言った。

「かわいそうなことをしちゃったわね。あの札、先に始末しておくんだった」

於巻も肩を落としていた。

けれど、これでわかった。あの座敷わらしや札売りの背後には、間違いなく何者かがいる。それも大猫さまのまじないをかわして意思を働かせることのできる力を持つ

者が。

「地蔵菩薩って言っていたな」

「本当に仏様なのかしら」

「さあな」

代三郎は残っていた羊羹をつまんで口に放り込んだ。

「あいつ、うまそうに食っていたな」

「そうね」

「もうちょっと食わせてやりたかったよ」

よく見ると、器の羊羹は少しも減っていなかった。

「やさしいわね。代三郎さんは」

「札も燃えちゃったし、もう今夜はなにも起こりそうにないね」

「……そうだな」

また取り逃がしてしまった。せっかく向こうから現われたというのに、今日はついていない。

「ぼく寝るよー」と栗坊は猫に返って二階に上がって行った。

「於巻、湯冷めしちまっただろう。さっさと布団をかぶって寝るんだな」

「そうするわ」

「寝ていて蹴飛ばすなよ。俺もひどいけどお前はもっと寝相が悪いからな」

「それは子どもの頃の話でしょ。今はましよ」

「どうだかね」

用を足すのに厠に行ってから寝床に戻った。於巻と栗坊はもう寝ていた。

「ずぶといやつらだな」

横になると、さっきのことが思い出された。

吸い込まれてゆく三太の悲鳴が耳について離れない。

ぐるぐると頭にまわるそれと一緒に、ふたたび眠りについた。

　　　五　芝居小屋

神棚の招き猫に向かってパンパンと柏手を打つ。

背後では佐ノ助と初吉親方が碁を打っている。もうとっくに昼飯の時間は過ぎた。

昼八ツ（午後二時頃）の鐘も鳴ろうというのに、二人とも仕事はどうしたんだか、熱

戦となった一局をやめられずにいるようだった。

あれから半月、代三郎にはいまや神頼みくらいしかやることがなくなっていた。
三太を吸い込んだ札が燃えてからこのかた、近所のどこからも札売りにまつわる話
は聞こえてこなかった。稲取屋やおまゆの家も訪ねてみたけれど、あの日以降、これ
といったことはないようだった。

「お二人とも、ご熱心なところ申しわけないんだけど」

声をかけると、佐ノ助と初吉が「なんだい？」とこっちを見た。

「この間話していた『断食療法』なんだけどさ」

「だんじき……ああ、あれか？」

初吉は言われて初めて思い出したようだった。

「そういや、とんと聞かなくなったなあ」

佐ノ助が、たいして関心なさそうに言った。

「断食なんて酔狂なこと、そうそうやりたがるやつはいねえからな。飽きられちまっ
たんじゃないかな」

「ああ、そうかもね。悪いね、碁の邪魔をして」

なになに、気にするねえ、と二人はまた碁盤に目を戻す。

やっぱりだ。

これでは江戸の人たちから「札売り」が忘れ去られるのもそう遠くはなさそうだ。肝心の座敷わらしたちもあれ以来姿を見せてくれない。ただ見せないというだけで、なにごともないのならいいのだが。

客たちから離れて家に上がった。

「あーあ、魔物もついでにこのまま噂と一緒に消え失せてくれりゃあもっけの幸いってとこなんだけどな」

座敷にごろ寝してぼやくと、視線の先に猫の栗坊がいた。なに怠けたこと言ってるんだ、という顔でこっちを見ている。

「うそだよ、うそ」

使い魔が現われたということは、どこかに魔物がいるということだ。その魔物を放っておくのは、やはりいい気分ではない。

今回は二度もしくじってしまった。

札売りを消滅させただけではなく、三太まで闇に奪われた。裏で糸を引く者にもこちらの存在を気取られたことだろう。「札売り」の噂が消えたのはおそらくその証だ。自分の企みを妨害する者がいる。それを察した相手は、いったん姿を隠した。そう考えるのが妥当だ。

手がかりといえば、三太が口にした「地蔵菩薩」だ。

地蔵なら、そのへんの辻々にごろごろしている。だが、三太は寺から来たとも言っていた。そこで念のために「江戸六地蔵」と呼ばれる地蔵菩薩を祀った寺々を栗坊と巡ってもみたけれど、いずれもこれといって怪しいところはなかった。

振り出しに戻ってしまった。

「はあ。やることはやったし、しばらくは待つとするかな」

待つのは得意だ。寝ていればいいのだから。

そんなこんなで、さらに数日が過ぎた。

千之丞が茶屋に顔を出したのは、代三郎が昼寝を楽しんでいるときだった。

「代三郎、起きてくれ」

於巻に通されたらしく、千之丞は寝床にしている二階にまで上がってきた。

「んあ？　千さん、どうした」

目を覚ますと、羽織姿の千之丞が部屋の入口に立っていた。

「頼みがあるんだ。今日は暇か」

「毎日暇だよ」

「それはありがたい。三味線を持って一緒に猿若町まで来てくれ」

「芝居小屋にか」

猿若町といえば芝居小屋が集まっている場所だ。千之丞のような歌舞伎を生業としている者も多く住んでいる。

「ああ、頼まれてくれないか。急に人が足りなくなってしまってな」

舞台で三味線を弾いてほしいという頼みだった。

「俺が弾くと舞台がぶちこわしになるよ」

「そんなことはない。お前さんの三味線はなかなか評判なんだ」

歌舞伎の地方は、前にも幾度かやったことがある。

もともとは頼まれて稽古にだけ参加していたのだけれど、あるとき、やはり人が足りぬというので舞台に出ることになった。最初は無難に長唄の三味線方を務めていた代三郎だったけれど、その合間に、ついついいつもの癖で得意の早弾きを披露してしまったのである。

これが受けた。

最初は聞いたこともない音の連打に戸惑っていた客たちも、少しもしないうちにその勢いに喝采を浴びせていた。以来、年に一、二度だが、こうして助っ人として舞台

に呼ばれるようになっていたのだった。

「実は座元に頼まれたんだ。猫手屋さんを呼んで来てくれってな」

「道村座のかい？　いいけど、いつさ」

「今から来てくれ。今ちょうど幕と幕の間なんだ」

「今からとは忙しい話だな」

「なに。俺たちが行かなきゃ幕は開かない。支度はゆっくりでいいからさ」

「舞台はなにやってんだ」

「忠臣蔵さ」

「仇討ちか」

「そうだ、十一段を頼む」

「十一段って、もうおしまいじゃないか。俺がいなくたっていいじゃないかよ。本当

に人が足りないのか」

歌舞伎の忠臣蔵の十一段といえば、まさに「討ち入り」の場面である。

「足りないんだ。代三郎、お前がな」

「どういう意味だい」

「ああ、くそっ」

千之丞は髪についた塵でも振り落とすように頭を振った。

「正直に謝っちまおう、すまねえ」

ばっとひれ伏して頭を畳につけた千之丞に、代三郎は「ちょ、ちょっと待てよ」と慌てた。

「そんな先手を打って謝られたって俺にはわけがわからねえよ」

「俺が悪いんだ。俺の顔を立てると思って来てくれよ。な、頼む」

「千さん、手をあげてくれよ。一から説明してくれ」

「……怒んない?」

ちらっとこちらを見あげてくる目は、悪戯がばれた子どものそれだった。

「どうせ怒ったって始まらない話だろう。さ、話しておくれ」

聞くと、案の定、怒ったところで面倒は拭えない話だった。

千之丞が所属している道村座は、猿若町でも老舗の芝居小屋だ。とはいえ、老舗というだけで、このところは新しくできた他の小屋に客をとられてしまっていまひとつ振るわないのだという。

そこへもってきて、五日ほど前に看板役者と座元が大喧嘩となった。

怒った役者は、別の新しくできた小屋に行ってしまった。

なにしろ江戸っ子はこういう話には敏感だ。

かつては溢れんばかりの客で息をするのもやっとといった道村座が、たった五日で閑古鳥（かんこどり）が鳴く有様となってしまった。客はいるにはいるが、ろくに芝居も観ずに酒や弁当を広げてばかり。このままでは老舗の芝居小屋もいつまでつづくかわかったものではない。

「それで、なんでもいいから知恵を絞れって言われたわけかい」

「ああ、昨日の朝、座元が役者から囃子方（はやしかた）までみんな集めてな。全員知恵を絞って客を呼ぶ方法を考えろって言い出したんだ」

座元は、控えている千之丞を見てこう言ったという。

「そうだ、お前の三味線仲間の猫手屋さん。ありゃあ人気があるじゃないか。あれを呼べ」

そういうわけで、千之丞がこうして来たというわけだった。

「ちょっと待てよ」

聞いていると腑（ふ）に落ちない点があった。

「そりゃあ昨日の朝の話だろう。だったら、昨日のうちに前もって相談してくれりゃあいいじゃない」

「んーとね、俺もばかでつい言っちまったんだよ。なに、代三郎ならたいてい暇だから、俺が一声かけりゃいつでも飛んで来ますよってね。まさか昨日の今日で呼べと言われるとは思わなかったんだよ」

そうしたら、と年上の友人は眉をハの字にして言った。

「今朝になって小屋に行ってみりゃあ、お前の名前が入った幟がでーんとかかっているじゃないの。俺はびっくりしたね。すぐに座元のところに飛んでったよ。いったいこれはどういうことですかねって。そうしたら座元が言うんだ。いつでも呼べるって言ったのはお前だろうがって」

千之丞が知ったときには、すでに客たちの間には「三味線早弾き本日興行」という触れがまわっていた。おかげで道村座は年に一度か二度しか現われぬという噂の三味線を聴こうという客で満杯となった。

座元は顔を青くしている千之丞に「今すぐ猫手屋さんを連れて来い」と命じた。ついでに「そうすりゃ薬代は俺が出してやる」とも。

「薬代？　なんの話だ」

「ああ……親父が病なんだ。異国から仕入れた高い薬が必要なんだが、とても俺の稼ぎじゃまかなえなくてね」

頼む、と千之丞は上げていた頭をまた下げた。

「頼む頼む頼む。道村座がぶっつぶれたら親父の薬どころかおまんまの食い上げだ。俺の顔を立てると思って、頼む！」

そう言って、じゃなくてまんま顔を立ててるためだろう。

思って、じゃなくてまんま顔を立ててるだろう。

下げているのだから、よほどのことのはずである。それに実際、暇なのは確かなのだ。

「わかった、わかった。今起きるよ」

「頼まれてくれるか。すまん」

「十一段で、なにすりゃいいんだ」

「適当にやってくれりゃあいい。座元も深いことは考えてないでお前の名前だけ先に出したんだ」

「ひでえな。役者さんたちはそれでいいのか」

立ち上がって、帯からはみ出て乱れている着流しを脱いだ。

「いちおう了承は取り付けているよ。だって、しょうがないもの」

よそゆきにしている藍染めの着物を簞笥(たんす)から出して袖(そで)を通した。上には黒の羽織。

前に舞台に出たときもこの格好だった。

「適当にやってくれりゃあっていうけど、本当にどうしたらいいのかしらんね」

「四十七士が師直の屋敷に入ったあたりから弾き始めてくれ。そうだな、隠れていた

師直がとっつかまって由良之助たちの前に引っ立てられるところあたりまで」

「そんなに長くやっていいのか。台詞がろくに聞こえないぞ」

「なあに、三味線が鳴っている方が役者も声がでかくなるってもんだ。勢いがついて

いいじゃないか」

「そういうもんかね」

芝居のことは、正直、よくわからない。

「よしんば台詞が聞こえなくても忠臣蔵だぞ。客はみんな筋書きを知っているよ」

「どうなっても俺は知らないからな」

「いつもそう言って、うまくやってみせるじゃねえかよ」

「俺、朝餉もまだなんだけど」

「そんなの小屋で食わせてやるよ。駕籠を待たせているんだ、行こう」

三味線を持って茶屋の前に出ると、本当に町駕籠が待っていた。

「代三郎さん、しっかりね」

於巻が見送ってくれた。

「おう、行ってくるわ」

と駕籠の中から答えたときだった。茶屋の奥から駆けてきた栗坊が飛びついて来た。

「なんだよ、栗坊。お前も連れて行けってか」

「ははは。いいじゃないか」

後ろの駕籠から千之丞が言った。

「行ってくれ」

指示に長半纏を着た担ぎ手たちが駕籠を担いだ。

「いよっ、猫手屋！」

於巻の声に、道往く人たちが振り返った。

えっさ、ほいさ、と運ばれた先の猿若町は、芝居見物の客で一杯だった。

いったいこの人たちは昼から働きもせずになにをしているのか。同じくろくに働いてもいない代三郎が見ても呆れるほどの人の数だった。子どももいれば大人もいる。女もいる。年寄りもいる。それがところ狭しと歩いている。外でこれだから芝居小屋の中はさぞかしなものだろう。

「ありゃあ、本当だ。派手にやってくれちゃって」

見あげると「三味線早弾き　猫手屋代三郎」の幟が櫓（やぐら）の前に躍っている。

「これで俺が外に出かけでもしていたらどうする気だったんだろうな」

肩では栗坊が物珍しそうに町を眺めている。人に乗った猫がおもしろいのか、何人かの子どもたちが寄ってきた。

「その猫、あんちゃんのかい」

「そうだよ」

「あんちゃん、いい男だな。役者かい？」

「そんなたいそうなもんじゃない。ただの三味線弾きさ」

「弾いてみてくれよ」

「いいよ」

小屋の木戸銭係に駕籠代を払わせていた千之丞が「おい代三郎、なにしてんだよ」と振り返ったときには、もう人だかりができていた。

ベンベンベベンベンベベンベンベン。

鳴っている三味線に、どんどん人が集まって来る。

「誰だいありゃ？」

「あれだよ、ほら。早弾きの代三郎」

「なんだよ。こんな景気のいい音、はじめて聴いたぞ」

「俺もうわさにしか聞いたことがなかったんだけど、すげえな」

やがて客の口からは言葉がなくなった。

弾いていくうちに熱がこもってどんどんはやくなっていく旋律に、見物人たちはた
だ聞き惚れるだけだった。

ベ――――ン、という音とともに曲が終わる。一拍間を置いて湧き上がったのは
賞讃の声だった。

「すげえなあ」

「これに比べりゃそこらの祭り囃子なんざ蠅がとまりそうだな」

わいのわいの騒いでいる通行人たちに、千之丞が声を張り上げた。

「お聞きなせえ、皆の衆。今のが日ノ本随一の早弾きと呼び名高い猫手屋代三郎の三
味線だ。もっと聴きてえって人は道村座にお入りなせえ。すぐに始まる十一段にこの
代三郎師匠がお出ましになるよ」

「お、そうかい」と、もう芝居はずいぶん進んでいるというのに木戸銭を払って入ろ
うとする人たちが列をつくった。

「そら、座元が喜ぶぜ」

千之丞は客をつかんで嬉しそうだった。すぐに裏手をまわって小屋の奥に通された。

「これはこれは猫手屋さん、よくぞ来てくださった」

控えの部屋では座元の道村即十郎が待っていた。

「なに？　小屋の前で三味線を披露した？　客がどんどん入って来ているだって？」

ちょっと見て来い、と言われた若い役者はすぐに戻ってきた。

「すげえ入りです。立ち見もいっぱいですよ」

「わはははは。やったな。どうだ、俺の名案は」

さすがは座元、とまわりの者たちが頷いた。

「前々からわかっちゃいたんだよ。気の短い江戸の連中に猫手屋さんの三味線は合うってな」

「そらどうも」

挨拶しながら、代三郎は即十郎が巾着からなにかを出すのを見ていた。

「千之丞、でかした。ほらよ」

四角い金子が即十郎の手から飛んで千之丞の手の平に収まった。

「これで料理屋でも行ってきな。あとは本番だ。おまかせするぜ、猫手屋さん」

「ま、ぼちぼちやりますわ」

返事をしながら千之丞の顔を見る。金子を懐（ふところ）に隠した千之丞が「てへ」と舌を出してみせた。

「おい千さん、なんだそのてへってのは？」

「猫手屋さんを呼んだ褒美（ほうび）だよ」

答えたのは即十郎だった。

「千之丞が一分はくれねえとやらねえってごねるもんだから、まあ一分なら安いもんだとやったわけさ。あ、もちろん猫手屋さんにはしっかりした礼をするから心配しないでくれよ」

「千さん、薬を買うのに金がいるんじゃなかったのかい」

「は、そりゃなんだい？　あいつんちは女房も子どもも元気だぜ」

かわりに答えたのは即十郎だった。

「え、親父さんに薬を買うのに金が足りないって言っていたのは……」

「ははは。猫手屋さん、やられたな。あいつの親も女房の親もぴんぴんしているぜ」

「おいおい千さん」

呼んだときには、もう楽屋に千之丞の姿はなかった。

「くそっ、なんだか話が違うぞ」

このまま帰ってやろうかとも思ったが、それでは即十郎たちが迷惑するだろう。

「おーい、代三郎」

舞台の方から千之丞の声がした。

「そろそろ幕を開けるぞ。支度を頼む」

「はいよ」

と言っても、やることは肩に乗っている栗坊に下りてもらうことくらいだった。

「この猫はほったらかしておいてくださいな」

「わかった」

「千さんに言われたんだけど、本当に適当でいいんですか。師直の屋敷に討ち入ったあたりからやっこさんを引っ張り出すあたりまでで」

「ああ、それでいい。あとはそうだな。俺が、よっ猫手屋あ〜！とでも叫んだら、それを合図に始めてくれ」

「即十郎さんはなんの役をやるんで？」

「そりゃ、由良之助に決まっているさ」

由良之助は浪士たちを率いる仇討ちの大将だ。

「舞台でも親分ってわけだ」

「ははは。そういうこった」

そこへまた知らせがきた。小屋の前が中に入ろうとしている客たちでごった返しているという。

「はははは」

「ははははは。こりゃ幸先いいや。札をもらったと思ったらこれだ」

「札?」

代三郎は聞き逃さなかった。

「札ってのは、なんですか」

「地蔵菩薩の札だよ。最近、この界隈で評判の札売りがいるんだ」

「札売り?　どんな格好をしたやつですかね」

「山伏みてえな姿だな。この札を北側の柱に貼りゃあ財をもたらす座敷わらしが棲みついてくれるとかいう話なんだ。座敷わらしだかなんだか知らねえが、商売繁盛の足しになるならいいかなと思って一枚ゆずってもらったのさ」

「『断食療法』ですか」

「断食?　いやそんな話は聞いていないな。俺が言われたのは三日間、朝夕に必ず地蔵菩薩の真言を唱えながら行水をしろってことだな」

「行水ですか」

知っていることと少し違うが、他はあの美元の言っていたこととほとんど同じだった。

「その札売り、どこにいるんですか」

「帰ってなきゃ桟敷席にいるだろうよ。猫手屋さんもほしいなら呼んでやるよ」

「いや、おかげさまで茶屋は繁盛しているんでいいっすよ」

近くでこちらを見あげていた栗坊に目配せする。栗坊は耳をぴんと立てると、楽屋から出て行った。

「おーいおーい、代三郎」

また千之丞の呼ぶ声がした。三味線や囃子方は、役者よりも先に舞台に出て待機することになっている。見ると、楽屋の中では役者たちが脱いでいた衣装を着直したり、手鏡で化粧を直したりしていた。

「それじゃ行きますよ」

そういえば、朝餉を馳走してくれるとかいう話はどこにいったのか。が、もう時間がない。

鼓や笛の奏者たちと舞台に出た。幕はすでに開いていた。客席は聞いたとおり、立ち見まで出る賑わいだった。

代三郎が姿を見せて場内は多少ざわついたが、それだけで終わった。まだおおかた
の客はその三味線がどんなものかわかっていない。

所定の場所に座り、出番を待つ。

隣では千之丞が端整な顔を客席に向けている。それにならって自分も能面のように
正面を見る。

舞台の主役は言うまでもなく役者だ。自分たちは「居るけれど居ない」という職分
に徹さねばならない。もっとも、それも早弾きが始まるまでの間の話だったが。

役者たちが登場すると、客席がいっせいに沸いた。

看板役者がいなくなっても、やはり人気の演目だ。それにいざ討ち入りの場面であ
る。これで沸かなければ道村座は早晩つぶれてしまうだろう。

満杯の客席をそれとなく観察する。

見ていると、右の花道のすぐ近くに修験者のなりをした男がいた。あの美元と似て
いるが違う男だった。

しばらくおとなしくしているかと思ったら、今度は歌舞伎小屋に狙いをつけたか。
なるほど、道村座ほどの小屋ともなれば一日に入る銭もかなりのものだろう。それ
でなくても役者というのはなにかというと験をかつぐし、縁起物などが大好きだ。話

にも乗せやすいはずだ。

あとは、あそこにいる男が本当に先日の美元のような使い魔かどうかを確かめるだけだった。

ことは簡単、三味線を弾けばいいだけだ。代三郎の早弾きを聴いてなにか突飛な行動に出れば使い魔であることに疑いの余地はない。

心配があるとすればこの場で暴れられることだが、それはやってみないとわからない。美元のときは顔色を変えて出て行くだけだった。

おそらく使い魔は主によって無用の戦いを禁じられているはずだ。だとすれば、今あそこにいる札売りもこの場から立ち去ることだろう。

あとはそれを……。

目を走らせる。

いた。

童子の栗坊が、男からさほど離れていない場所にいる。さっそく見つけたようだ。

〈今度こそへまはしないぞ〉

芝居が始まった。

忠臣蔵の十一段目は、大星由良之助義金率いる仇討ちの浪士たちが渡し舟から陸に

上がるところから始まる。このあと主君の仇である高武蔵守師直の屋敷に浪士たちが突入したら、代三郎の三味線が鳴ることになっている。

〈栗坊、頼むぞ！〉

早弾きに入ったら、もはや自分は舞台から離れるわけにはいかない。おそらくはこの場から消え去るであろう札売りの追跡は栗坊にまかせるしかなかった。

栗坊を連れて来てよかった。

飛び乗るようにして駕籠に乗ったのは、このことを予想してか。いや、栗坊のことだ、自分も歌舞伎を見物したかっただけのことかもしれない。あれはそういう猫だ。

舞台では、師直が酒宴で酔って寝転がっている。

その隙に由良之助の部下たちが屋敷に忍び入り、開いた門から仲間を誘導する。

このときになって由良之助役の即十郎が合図の雄叫びをあげた。

「猫手屋あああああ──────っ！」

千之丞がちらりと代三郎を見る。代三郎は立ち上がって三味線を高々と掲げてみせた。同時に撥を回転させて弦を弾く。

響き始めた早弾きに場内から「おおおっ」という声が返ってきた。

役者たちが斬り合いを始めた。

その間、代三郎は自分も前に出て三味線を鳴らしつづけた。

役者の動きを見て、一瞬音をとめたり、ためをつくってまた弾き始めたりと、即興で場面を音で表現していく。

客席はやんやの喝采だ。

こんな忠臣蔵は誰もみんなはじめてだろう。そもそも弾いている代三郎だってはじめてなのだ。

舞台に傾注しているようで、一方で修験者の男からは目を離さない。

やはりと言うべきか、男の顔は青ざめていた。

このまま聴いていてくれれば、失神させるくらいはできるかもしれない。

大猫さまからもらったこの三味線の音色は、魔物にとってはとにかく不快なのだ。

男が席を立った。

舞台に背中を向け、人々をかきわけるようにして出口へと向かっていく。

童子姿の栗坊もいた場所から離れて男を追う。

〈頼んだぞ〉

念をこめて、撥を上下させた。一段と早くなった三味線に歓声があがった。男の肩

　がびくりとしたのが遠くからでもわかった。

　舞台では、戦いの末に隠れていた師直が捕まって由良之助の前に引き出された。

　ここは由良之助たちが師直を裁く見せ場の中の見せ場である。

　代三郎は三味線をとめた。

　出口近くまで辿り着いた札売りがこちらを振り返った。その目はあきらかに代三郎を見ていた。

　〈逃げるがいいさ〉

　いったんは観念したかのように振る舞っていた師直が、不意をついて由良之助に斬りかかる。

　代三郎はそこでまた三味線を鳴らした。

　即十郎の由良之助が、師直の太刀をすんでにかわす。返す刀で師直を斬る。

　見えぬ矢となって飛んだ三味線の音が、札売りの顔を打った。男が顔を歪ませる。

　由良之助の部下たちが、次々に師直の身に剣を浴びせる。

　札売りは苦しげな顔で出口へと逃れる。その後ろを栗坊がぴたりとついて追ってゆく。

　師直は、由良之助たちの主君が切腹を遂げた同じ刀でその首を刎ねられる。

「いよお──っ、道村屋！」

「猫手屋あああ──っ」

悪が倒され場内の客は大喜びだ。

みんな我がことのように悦に入り飛び跳ねている。なかには連れて来た我が子を宙に投げては受けとめてといった荒っぽい動きで興奮を表現している観客もいた。

代三郎が三味線を終えたときには、札売りと栗坊の姿は小屋にはなかった。

舞台は終わり、即十郎が率いる浪士役の役者たちは花道を行進して去って行った。

代三郎も千之丞とともに楽屋に戻った。

「いやー、すごい盛り上がりだったな」

「座元、明日もこの調子でいきましょうかね」

「そうだなあ」

即十郎や役者たちは上気した顔で勝手なことを言いあっている。

この調子では代三郎にも明日から毎日来てくれなどと言い出しかねなかった。

「猫手屋さん、今日の礼だが、実はいくらか決めてないんだ。言い値でかまわないから言ってくれないか」

「うーんと、三両」

金がほしいわけではない。目的は別にあった。

「三両だって？　そりゃあいくらなんでも高過ぎるぜ。冗談を言っちゃいけねえよ」

豪傑肌の座元も、これには色をなした。

「あはは。冗談だよ即十郎さん。それよか俺、例の札ってのをゆずってほしいんだけど」

「札？　札売りから買ったあれか」

「そうそう。もうどこかに貼っちゃった？」

「いいや、まだだが。なんでまたあんなものがほしいのさ」

「だって、この大入りじゃないか。うちにも貼ればご利益があるかなって思ったのさ」

「ああ、確かにそうかもな。まあ、偶然だろうけどな」

「ただとは言わないよ。いくらだい」

美元は札を三両で売っていた。三両といえば大金だが、背に腹は代えられない。あとは即十郎が自分の三味線にいくらの値をつけるかだ。

「いくらもなにも、あの札売りには札をくれた礼に桟敷を用意してやったから、まあ

金にしたらいいとこ二分ってところかね」

どうやら今度の「札売り」は必ずしも金と交換に札を売っているわけではないらしい。

これと目をつけた相手に札を貼らせるのが目的ならば、それでもかまわないのかもしれない。金はあとから座敷わらしに持って来させればよいのだ。

「あんなものでよけりゃやるよ。俺の方はまた札売りから手に入れりゃそれでいいんだから。どうせまだそのへんにいるだろうしな」

それよか、と即十郎はやはり話を持ちかけてきた。

「どうだい、毎日とはいわねえが七日に一度くらい──もし来てくれるのなら一度の舞台で一両出す、とまで言われた。しかし、たとえ七日に一度でも縛られるのは面倒だ。

「だったらさ……」

代三郎の提案に、即十郎は「ほお」と頷いた。

悲鳴をあげたのは千之丞だった。

「冗談じゃないよ。あんな早弾き、俺にゃできないよお」

「うるせえな。お前も三味線弾きだろうが。猫手屋さんが仕込んでくれるってんだからしっかり自分のものにしてこい」

今日の舞台はおおいに盛況となったが、客はまだ猫手屋が目当てというわけではな
い。三味線の早弾きが物珍しいだけだ。だったら千之丞にその早弾きをさせればいい
だけのことではないか。

即十郎が賛同したのは、座付の地方である千之丞がこなしてくれるならそれに越し
たことはないからだ。よけいな金もかからずに済む。

「代三郎〜〜〜！」

泣きついてくる千之丞に「明日から暇があるときは俺んとこに稽古に来てくださ
い」と言い放つ。

「ああそれと、早いとこ病のおとっつぁんだかおっかさんのために薬を買ってあげる
ことだね」

「うぐっ。く、くそっ」

悔しがる千之丞に、今度は逆に舌を出してやった。

「わかったよ。そのかわりしっかり教えてくれよ」

「それだけは誓って請け負うよ」

千之丞に役目を振ったのはいい加減にそうしたわけではない。

代三郎の目から見ても千之丞の腕前はたいしたものなのだ。コツさえ教えれば自分

よりも舞台映えする弾き方を身に付けるはずだった。

代三郎は札を受け取って猫手長屋に戻った。　帰りも即十郎は駕籠を出してくれた。

六　建妙寺

札売りを追った栗坊が猫手長屋に戻って来たのは、明け方のことであった。

代三郎も於巻もとうに寝ていたが、戸が開く音に目を覚ました。

座敷に上がった栗坊は、すぐに人間の姿になって「あ〜つかれた〜」と大の字になって寝ころんだ。

なんでも「鎌倉にある建妙寺という寺まで行った」とかいう話だった。

「建妙寺？　建長寺じゃなくってか？」

建長寺なら鎌倉五山のひとつとして有名だが、「建妙寺」という名に覚えはなかった。

「けっこう大きい寺だけど、あんなところにあんな寺があるだなんてぼくも知らなかったよ」

芝居小屋から出た男は、そのまま猿若町からも抜けて品川へと向かったという。　栗

坊は男と付かず離れずの距離を保ったまま、その背中を追いつづけた。

「どこまで行くかと思ったらまいったよ。東海道に出てどんどん南に行っちゃうんだもん」

六郷の渡しで多摩川を越えた男は、ひたすら歩きつづけた。人気がないところでは、人とは思えぬほどの早足で進んだ。

「人とは思えぬほどの早足で？」

訝る代三郎と於巻に、栗坊は答えた。

「四つ足さ」

「四つ足？」

「うん。最初は修験者だから足がはやいのかなと思っていたら、途中から四つん這いになって馬や鹿みたいに駆け出したんだよ」

「魔物だな」

「うん。だからこっちも猫になって追いかけた」

男は人の目がある場所では普通に二本の足で歩き、それがなくなるとまた獣のように駆けた。

「あれなら一晩あればかなりの距離が稼げるね」

「そうか」

代三郎は頷いた。

「てっきり江戸のどこかの寺かと思っていたら、なるほど鎌倉だったとはな」

「さがしても見つからないわけね」

於巻もやれやれといった顔だった。

戸塚宿まで行った男は、東海道からそれて鎌倉道に入った。

このあたりは『谷戸』と呼ばれる低い山と谷が入り組んだ地形が多い。男は鎌倉道を鎌倉の町へと向かってしばらく進むと、途中の道を曲がったという。

この頃にはすっかり夜になっていた。雑木林の中を栗坊は走る男を追った。

が、見失ってしまった。

「かわりに見つけたのが、その建妙寺という寺か」

「うん」

夜のことだけに寺はすでに閉門していた。もちろん、栗坊にかかれば塀を飛び越えるなどわけがない。だが、ここで思わぬ邪魔が入った。

「あいつらときたら、まったく乱暴で困るよ」

栗坊に襲いかかってきたのは、辺りを住処にしている野良猫たちだった。

門の脇の塀に飛びつこうと身構えているところに、背後から雄の野良猫が体当たりを喰らわしてきた。突き飛ばされた栗坊は、地面を転がった。そこに別の野良猫たちが群がった。

猫たちは異様に気が立っている様子で、栗坊に爪や歯を立ててきた。あとから考えると、飢えていたようだった。

どうにか猫たちを振り払った栗坊は、今しかないと人間の姿になった。

噛みついた相手が忽然と消えて、かわりに人が現われたことに野良猫たちは驚いてちりぢりになって逃げ出した。そのうちの一匹の白猫は、境内に逃れようと塀へと飛んだ。

「そうしたら、跳ね返されたんだ」

塀の上に乗ったかと思った白猫が、ばん、と壁にでも当たったかのようにはじけ飛んだ。地面に転がった猫は、なにかに脅えたかのように毛を逆立ててそこから逃げ出した。

暗い中ではあったけれど、栗坊はそれを見逃さなかった。

「あれは、なにか結界のようなものに触れたんだと思う」

それだけ見れば十分だった。普通の寺にこんな見えない防壁のようなものがあるわ

けがない。

　男は間違いなくこの寺の中にいる。そう確信した栗坊は、来た道を辿って猫手長屋へと帰って来た。東海道に出てからは、うまい具合に江戸へと走る継飛脚（つぎびきゃく）に出くわしたので、それとわからぬように彼らの背負う御状箱（ごじょうばこ）に飛びついて夜道を運ばれて来たという。でなければこんなにはやく彼らは戻れはしなかっただろう。

「栗坊、怪我（けが）したところを見せて」

　栗坊の右足の股やまた脛（すね）にひっかき傷や噛みつかれた傷が残っていた。

「少し腫（は）れているみたいね」

　於巻が濡らした手拭を持って来て傷をぬぐった。

「このくらいどってことないよ」

「化膿（かのう）したら大変よ」

「ありがとう。それにしても遠かったな。そっちの方がこたえたよ」

　帰りは飛脚の世話になったとはいえ、栗坊はかなり疲れている。今日のところはたっぷり寝かせてやった方がよさそうだ。

「そういや、道村座の札はどうなったの？」

「三味線の札にもらってきたよ」

「まさか、また貼ったとか?」

「心配すんな。神棚に寝かせるように置いてあるよ。今んとこなんにも出てきてはい
ない。座敷わらしが出てくるのは柱に貼ったときだけ。そういうまじないでもかけて
いるんじゃないか」

「ならいいけど。この間の三太みたいなのはかわいそうだしね」

「ああ、あれは俺が迂闊だった」

三太の悲鳴がまた思い出された。

「わたしだってそうよ。問いつめるばかりで札のことを忘れていた」

ここ半月、口に出さなかったが、於巻も気に病んでいたようだった。

「それにしてもずるい魔物ね。子どもに盗みを働かせて。使い魔にでもやらせればい
いのに」

「まったくだな。使い魔どころかお前が出てこいって言ってやりたいな」

今までも人間に取り憑いて使嗾する魔物はいた。

数ある魔物のうちには、自分で手を下さずにわざわざまわりくどい手を使って世を
揺るがそうという輩がいる。今度の相手もどうやらそういう類のやつらしい。

話を終えたところで、神棚の札を見に行った。異常はなにもない。

「なにもないのは、大猫さまの神力が守ってくれているのかもね」

招き猫を見上げる於巻に、代三郎は「へっ、どうだかなあ」とぼやいた。

「今ごろ猫手神社のどっかでぐうすか寝ているよ、あのじいさんは」

「ぼくもそう思う」

栗坊も笑っていた。

「でも、寝ていても少しはなにかしてくれているんじゃないかな」

「俺もそれを期待してここに札を置いたんだけどさ。だったらこの間の三太のときだって手助けしてくれたっていいってもんだろう。ま、ないよりもましってとこだな」

もし三太のような座敷わらしが出てきたら、今度は先に札を水に浸しておこう。そう取り決めてふたたび眠りについた。

朝になっても札にはおかしなところはなかった。

これが大猫さまの神力なのかどうかはわからない。だが、三太のような犠牲者を出さずに済んだのはよかった。

いつもは二度寝を楽しむ代三郎だが、さすがに今日は於巻の朝餉に合わせて起きた。

日が昇ってまだ少ししか経っていないが、茶屋の前の通りはすでに人が行き交ってい

る。長屋のそこかしこから竈や七輪の煙が立っていた。

井戸の水で顔を洗う代三郎を見つけて、長屋のおかみさんの一人であるおたまが話

しかけてきた。

「おや旦那、早いじゃないの」

「ああ、ちょいと遠出をするんでね」

「怠け者のあんたがねえ。放蕩がばれていよいよ勘当でも喰らったかい」

「相手が大家だろうがなんだろうがかしこまらないのがおたまだった。

「あはは。まだそこまではいっていないよ」

「ならいいけどね。代三郎さんみたいに話せる大家はそうはいないからねえ」

「けなしてんのかい、ほめてんのかい、どっちなんですか」

「ほめているのに決まっているだろう。昨日だって道村座を賑わせたそうじゃない」

「あらら、もう知っていますか。たいした地獄耳だこと」

「茶屋の前にあんな立派な駕籠がとまっちゃあ見過ごすわけにいかないね。で、今日

はどこに行くんだい?」

「ちょいと鎌倉の方にね」

「鎌倉だって? そりゃまた遠いとこに。旦那の足じゃ三日はかかるんじゃないの」

「そんなにかかんないと思うけど遠いよね」

「なんでまた鎌倉に。江ノ島にでも行くのかい」

長屋の住人というのはみんなそうだが、人のやることをいちいち知りたがる。とくにおたまはそうだった。

「あ、そっか。旦那は三味線弾きだからね。それで江ノ島の弁天様にお詣りってわけか」

鎌倉からほど近い江ノ島にある弁天様は芸能の神様として知られている。そのため役者や奏者など芸能に関わる参拝客が多かった。

「江ノ島じゃないんですよ。鎌倉にある寺に用事があってね」

「寺?」

おたまの表情が微妙に変化した。

「建妙寺って寺があってね。御利益があるっていうんで行ってみようかと思ったのさ」

「建妙寺?」

「知っているのかい」

「ああ、もう長いこと行っていないけどね……」

いつもの明るいおたまとは違う、なにか翳りを含んだ顔だった。

「建妙寺か……」

呟くと、おたまは「ちょっと待っておくれ」と井戸のすぐ前にある自分の家に飛び込んだ。かと思うと包みを抱えて戻ってきた。

「建妙寺に行くならさ、これを御本尊にお供えして来てくんないかい？」

「いいけど、おたまさん、建妙寺に詳しいのかい。どんな寺なんだ、俺は知らないんだよ」

「知らないだって？　すっとぼけなくていいんだよ。於巻ちゃんは知ってんのかい、このこと？」

「知っているよ」

「あら、まさか於巻ちゃんじゃないだろうね。いいや、そりゃあないか、あんたと於巻ちゃんがここに来たのはあの子が十二か三のときだもんねえ。いくらなんでも、そりゃあないか」

一人で首を傾げているおたまは、いつものおたまだった。

「あそこは鎌倉ったってはずれだからそう知られちゃいない寺だけど、かえってあれくらい静かなほうが供養するにゃ合っているからね」

「供養って、なにを？」

「だからすっとぼけなくていいんだよ。いくらあたしでもこれより先は訊かないさ。ま、言えることはひとつ。しっかり供養してやれってことさ」

なんだか勘違いされていることは間違いない。

これ以上訊くと、逆にいろいろと突っ込まれてしまいそうなので黙っていることにした。

「じゃ、頼むよ」と小さな包みを渡された。

手触りからすると、中身はどうも豆菓子らしかった。長屋の住人にとって甘味はいつだって贅沢品だ。それを供えてこいとは、これでおたまも案外信仰心が深いのかもしれない。

「そうだ、代三郎さん、言い忘れた」

家に戻ろうと背中を向けた代三郎をおたまが呼び止めた。

「その包み、もし寺の人に訊かれても自分で持って来たっていうんだよ。人に頼まれたと言っちゃいけないよ」

「わかったよ」

頷いたものの、おたまがなにを言っているのかちっともわかっていなかった。

「おたまさんが建妙寺を知っていた?」

朝餉でさっきの話を於巻にしてみた。

「ああ、しっかり供養して来いって言われたよ。御本尊に供えろって菓子まで寄越してきた」

「供養ってなにをだろうね」

「さあな。供養ったら供養だろう。誰か尊い人の菩提寺なんじゃないか」

「おたまさん、誰かあっちにゆかりの人がいたのかもね。そのご供養かも」

「ああ、そうかもしれないな」

でなければ高価な菓子を供えたりはしないはずだ。

気になるとしたら「すっとぼけなくていい」などと、なにかこちらに対して勘違いしているような節があることだが、放っとけば四六時中あることないこと言い募っているおたまのことである。いちいち気にしていたら身が持たない。

「まあ、おたまさんが知っているってことは、確かにそこに寺があるってことだしな。行ってみりゃあいろいろわかるだろう」

「入れるかしらね。栗坊の話じゃ結界が張られているみたいだし」

「おたまさんの口ぶりじゃ普通に入れるみたいだけどな」

「どっちにしても慎重にね」

「わかっているよ」

答える代三郎を、於巻がじっと見ていた。

「なんだよ？」

「わたしも行こうか」

「なんでお前まで？」

「大猫さまはうんともすんとも言わないし、鎌倉っていったら猫手村からもだいぶ遠いよ」

「なにを案じているんだ」

「大猫さまが護っているのは江戸とそのまわりでしょ。遠いところに行って、いつもみたいな神通力が使えるのかな」

「そりゃ、やってみないとわかんないさ」

「三人でいた方がよくない？」

於巻に見つめられ、「大丈夫だ」と代三郎は答えた。「まったく」と於巻は肩をすくめた。

「いつまでわたしを箱入り娘にしておくつもりなんだか」

「お前が嫁に行くまでさ」

「……ばか」

ぷい、と於巻はそっぽを向くと、どこかに姿を消してしまった。

寝ている栗坊を起こして餌を食べさせた。まだ眠そうなので頭陀袋に入れてやった。代三郎は脚絆に草鞋を履くと、三味線と栗坊がまるくなっている頭陀袋を肩から下げて長屋を出た。

目指す鎌倉の寺までは十二里（約四十八キロメートル）といったところか。代三郎

「今日も猿若町ですかい？」

木戸を通ろうとすると、木戸番の清吉に声をかけられた。清吉はおたまの夫である。

「いや、鎌倉の建妙寺にね」

清吉も知っているだろうとなにげなく答えたつもりだった。相手が一瞬真顔に変わったので代三郎は驚いた。

「建妙寺ですかい？」

「うん、清吉さんの知っている建妙寺ですよね」

「いやいやいや、なんもねえですよ」

「清吉さんの知っている建妙寺のことだと思うけど。なに、なんかあんの？」

そう答える清吉の顔には「あります」と書いてあるようだった。

「俺、おたまさんに頼まれたよ」

「なにをですかい？」

「これを御本尊に供えて来てくれって」

頭陀袋のなかに栗坊と入れてある包みを出してみせた。

「おたまがですかい？　あいつ、他になにか言っていました？」

「いいや、なんにも」

「本当になにも言っていませんか？」

清吉は少し慌てているようだった。

「ああ、俺にすっとぼけんなよ、人に頼まれたとは言うなとか言っていたけど、他にはなにも」

「ならいいんですけどね。うちの女房は口が減らねえからな。それよか旦那、あまり気やすくその寺の名前を出しちゃいけませんぜ」

「そうなのかい？」

「へえ。今はまだいいけど、帰って来たらこの話はなしです。お互いにしないでおきましょう」

どういうことか、さっぱりわからなかった。

「今はいいのね。ひとつ訊きたいことがあるんだけどさ」

「なんですかい」

「建妙寺の御本尊ってなんなんだい？」

「なんでえ。そんなことも知らねえであの寺に行こうってんですか」

清吉は呆れた顔になった。

「うん、知らない」

「こいつはまいったな」

清吉は口をぽかんと開けていた。

「地蔵菩薩様に決まっているでしょうが」

「地蔵菩薩？」

「おいおい、冗談はよしておくんなさいよ。建妙寺っていったら地蔵菩薩でしょう。

それを知らずにあの寺を訪ねるっていうんですか」

「あ、いやいや。御本尊にご利益があるって聞いたからさ」

どうやら知らないとかなりまずいことらしい。

「そりゃあ、ご利益がなきゃ困りますよ」

「ところで清吉さん、そりゃなんだい？」

清吉の手元には、大工道具があった。「ああ、いや」と清吉が照れ笑いを浮かべた。

「普請を頼まれましてね。ちょっと……」

「また大工を始めるってのか。そいつはめでたい」

「いやあ」

木戸番は嬉しそうに笑った。清吉はもともと大工だったのだが、身体を悪くして仕事をやめ、それからは木戸番の株を買って一家を養ってきたのだった。

「どうも木戸番の稼ぎじゃ足りなくてね。だいぶよくなったんで大工に戻ろうかと思っているんですよ」

「そうかい。でも無理はしなさんなよ」

「もちろん。ぼちぼちやっていきますよ」

木戸番は普通は番小屋を住居とする。だが清吉は夜の番は仲間にまかせ、自分は昔から住んでいる猫手長屋に住みつづけた。いつかは大工に返り咲きたい。きっとそう思ってのことだったのだろう。

代三郎は「大事にね」と清吉の肩を叩くと木戸を通り抜けた。

野良猫を脅えさせた塀に、本尊の地蔵菩薩。

だんだんと見えてきた気がした。

長屋を発ったのが明け六ツ（午前六時頃）。その日は戸塚宿まで歩いて旅籠に一泊した。

慣れぬ長歩きに疲れて、翌日は朝五ツ（午前八時頃）まで寝てしまった。

建妙寺の山門へと着いたのは昼を過ぎた頃だった。

寺は、山と山の間に広がるひらけた土地にあった。周囲は田畑で、近くに川が一筋流れていた。

門は開いていた。前まで行ってもとりわけおかしなところは見受けられない。

参道は松の並木に沿っていて、ずっと先に本堂らしき建物が見えた。

そこを歩いて進むと、両脇に塔頭が現われた。塀や垣根の向こうに伽藍がいくつも並んでいる。

遠くには三重の塔も見える。思っていたよりもずっと立派な寺であった。これなら鎌倉五山の寺にもひけをとるまい。

もっとも、参拝客で賑わう鎌倉中心部の寺社と比べると、おそろしいほど静かだ。

代三郎は物見遊山の参拝客のような顔で参道を歩きつづけた。

「ふーん、これだけでかけりゃ札売りも身を隠せるというわけだな」

頭陀袋から顔を出した栗坊が「ニャオ」と返事をする。

「どうだい。なにか感じるか?」

栗坊も境内をキョロキョロしている。

もしあの札売りがいるのだとしたら、見つかる前に見つけておきたかった。

一昨日は離れた舞台の上だったとはいえ、代三郎は相手に姿を見られている。おまけに今日も背中には三味線がある。

栗坊が前足を袋の縁（へり）に引っ掛けて身を乗り出した。地面に着地し、すたすたと歩いてどこかに行ってしまった。

代三郎は本堂の階段を上がった。

「まずは本尊からかね」

おたまに頼まれていた菓子を供えなくてはならない。

賽銭箱（さいせんばこ）に一文入れて、誰かいないかとなかをさがした。

「あのう」

代三郎が声をかけたのは、本尊のまわりを布で掃除していた僧侶（そうりょ）だった。

「なにか?」

振り返った僧侶は、散切り頭に三味線を背負った若い男を不思議そうな顔で見た。

場違いに思ったのかもしれない。

「これを御本尊に供えたいのですが」

包みを差し出すと、僧侶はそれを受け取ってくれた。こういうことは慣れているのだろう、それを奥の地蔵菩薩像の前に供えると合掌した。振り返ったときには、もう代三郎などいないかのように掃除に戻ろうとするので「すみません」と呼んでみた。

「こちらの寺は地蔵菩薩様が御本尊ですよね。だとすればどういった御利益があるのでしょうか」

「ご供養で参られたのですか?」

問い返された。

「いえ……」

はい、と答えるべきだったのかもしれない。

「だとすれば、それ、あそこに案内の札があります。お読みになられるといい」

「どこですか」

「参道を少し戻ったところです」

そういえばあった気がした。伽藍にばかり気を取られていて読むのを忘れていた。

「文字が読めぬというなら説明しますが」

「いえ、読めます」

参道を戻って札を読んだ。

書いてあったのは、なんということはない、地蔵菩薩の御利益についてであった。

ずらずらと、いわゆる二十八種利益に七種利益が並んでいた。

「天龍護念に善果日増、集聖上因か……」

利益のひとつひとつには「天龍が護ってくださる」だとか「病にかからない」だとか「人から尊敬される」、あるいは「何度でも天上に生まれ変わる」だとかといった意味がある。全部で三十以上もあると、世の中の望みはたいてい叶えられるといった感じだ。

地蔵菩薩は現世で人を救うとされているものだから、当然と言えば当然だ。

あの「札売り」はこの地蔵菩薩の御利益を唱えて札を金持ちの家に貼らせていた。

そして三太は、金目のものを漁っていた。名木曽屋の千両箱の一件も、ほぼ間違いなく座敷わらしの仕業だろう。こうなると目的は金かとも思われてくる。だが、そんなことはどうでもいい。

魔物がいれば退治する。

それが代三郎に課せられた使命だった。

途中で読むのをやめようかと思った札だったが、終わりの方に気になるものを見つけた。

「幼子水子供養……」

そこには「祈禱を願い出た者は口外無用とすべきこと」とあった。もし寺の外で誰かに話した場合、たちまち供養は無効となる。それがこの寺の戒律らしかった。

「そうか、それでおたまさんも清吉さんも……」

二人のおかしな態度がようやく理解できた。

夫婦には何人か息子や娘がいるが、中にはきっと生まれてすぐか幼い時分に亡くした子がいるのだろう。

それがいつのことかはわからない。

清吉はもう五十になろうかという歳だし、おたまだってそれほど離れているわけではない。二人の年齢を考えればずいぶんと昔のことのはずだ。

子を死なせてしまったおたまは、この建妙寺に供養に来たのだ。

もしかすると、そうした人は思いの他大勢いるのかもしれない。ただ、おたまのようなたがが外れたお喋りならともかく、口外が法度となれば普通は口をつぐむしかない。この寺が規模の割に人の話題にのぼらぬのはそういうことなのだろう。だいいち、

これだけの立派な寺だ。よほどの寄進がなければ成り立つわけがない。

「なるほどなあ」

からくりが透けて見えてきた感じだった。

「待てよ」

おたまは「すっとぼけなくていい」と言っていた。於巻かどうか、などとも言っていた。ということは……。

「ありゃ？　おたまさん、俺に水子がいるとでも思ったのか」

思い当たると、笑いがこみあげてきた。

「あはは。まいったなこりゃ」

とんだ勘違いをされたものだった。しかも於巻までが。

「まずいなあ。今ごろ長屋にどんな噂が立っているものか」

頼みは、おたまがこの戒律をぎりぎりのところで守ってくれるかどうかだ。まいった、まいった、と頭をかいていると、どこかに消えていた栗坊が近くまで戻って来ていた。「こっちに来て」と小さく鳴いている。

本堂から離れて左手の林へと入った。小道をそのまま行くと、塀で囲まれた塔頭が尻尾を立てる栗坊のあとを追う。

見えてきた。

小さな門に、大人の胸ほどの高さの木戸がついている。

「入っていいもんなのかな」

代三郎の躊躇などおかまいなしに、栗坊は木戸の下をくぐってなかに入った。押してみると、木戸は簡単に開いた。入っていいということなのだろう、と解釈して足を踏み入れた。

塀の外側と違い、内側はよく手入れされた庭だった。地面は苔に覆われている。その上に梅の木が何本もあった。楓や銀杏もある。誰か身分の高い人が建てた塔頭のように見える。

奥に建物があった。前庭に面した客殿は開け放たれているが、人の気配はない。栗坊はそちらにはかまわず建物の裏手にまわった。代三郎もついて行く。建物の角に沿って小道を直角に曲がったところで足がぴたりととまった。

「これは？」

待っていたのは、一面を覆い尽くす地蔵菩薩の石像だった。よく見ると、背後の傾斜地までずっとそれがつづいている。新しいものと古いものがある。苔のつきかたや石の風化の具合で判別がついた。

先にいた栗坊が、細い目でじっと代三郎を見つめていた。

「鳴らせってか?」

背の三味線を下ろし、くるんでいた布から出した。撥を持ち、軽く音を出してみた。それでも他に音を発するものがない場所だけに響いて聞こえた。

「ありがとう。　助かった」

栗坊が童子の姿になっていた。

「どうしたんだ」

なにか様子がおかしかった。

「自分一人じゃ人間に変わることができなかった。境内のどこにいてもそうだった」

「なんだって?」

「代三郎の三味線がなければ、変わることができなかった」

こんなことは初めてでだった。

栗坊は自在に猫から人へ、人から猫へと姿を変えることができるのだ。本人に言わせると、「そう思うだけでできる」というのだ。それができないとは。

「このお寺、やっぱりおかしいよ」

「なにか力が働いているのか」

「うん。とくにこの地蔵たち、なんか感じるんだよね」

「魔物か」

「じゃないんだけど、なんかね」

「この地蔵はみんな水子地蔵と幼子地蔵だろう。死んだ子どもたちを供養しているんだな」

「ぼく、思うんだけど、この間のあの三太もここに祀られている子どもの一人じゃないかって気がするんだ」

「あいつは座敷わらしだろう」

「うん、でも……」

言われてみれば思い出す。三太は自分たちが知っている座敷わらしたちとは少し違っていた。言葉には奥州訛りがないし、精霊にしてはおかしなことを言っていた。〈言われたとおりにやってくれれば、またおっかさんの子どもにしてくれるっていうから〉

三太はそう口にしていた。あのときも代三郎は違和感を感じた。

「あいつ、羊羹を喜んで食べていたよな」

「うん」

「でも、あの羊羹。ぜんぜん減っていなかった」

茶屋に遊びに来る座敷わらしたちは、出された茶はちゃんと飲む。茶菓子も食べる。

ところが三太は食べたように見えて食べていなかった。

「そうか。あの三太はひょっとして」

「うん。死んで親と別れた子どもなんじゃないかな」

だとすれば、どうして座敷わらしの姿をしているのか。

「そいつはお前の勘か?」

「なんだか聞こえるんだよ。子どもの声みたいなのが」

「声か」

「大勢いる。ここには子どもが大勢いる」

あらためて並んでいる地蔵を見る。一体が一人の子どもと勘定しても、軽く千に届きそうだった。

「いったいどうなってんだかな」

「決まっているよ。魔物が子どもたちの霊をだまくらかして盗みを働かせているんだ」

栗坊は憤っているように見えた。猫でいるときは、飼い主に似てか勝手気儘なやん

ちゃ坊主なのだが、実はこれでけっこう正義感が強いのだ。

「一発、派手に鳴らしてみっか」

「それもいいけど……」

魔物はどこにいるかまだ定まっていない。反対に、三味線をかき鳴らせば魔物から

こちらの居場所が知れてしまうだろう。さっきのちょっとした音だって気付かれてい

るおそれはあった。

「そうだね、鳴らしてみようか」

口ごもった栗坊だったが、考えが変わったようだった。

「こっちがここまで来ているんだぞって教えれば、魔物も迂闊な動きはとれないかも

しれないし」

「ああ、できればすぐに出てきてほしいもんだけどな」

「そう願いたいな」

「いくぞ」

撥を宙にかざす。代三郎はニヤリと笑った。

「魔物ちゃん、お願いだから出てきてちょうだいよ」

声がしたのはそのときだった。

「なにをされておる！」

咎（とが）めるような声だった。

振り返ると、住職だろうか、年配の僧侶が厳しい目でこちらを見ていた。

「ここは水子幼子の霊を供養する場。そのようなもので無用な雑音を鳴らされては困る」

「ご住職ですか」

まずは頭を下げた。

「これは失礼いたしました」

顔を上げたが、僧侶の表情には変化がなかった。

「用がなければさっさと立ち去るがいい」

とりつくしまもない物の言いようだった。

「用ならあります」

一か八か尋ねてみた。

「この寺で札を売っていると聞いたのです」

相手は答えない。不埒者（ふらちもの）とは口もききたくないといった顔だ。

「ご存知ありませんか」

「厄除けの札がほしければ祈禱を受けるとよい」

「ひとつ教えてください。この寺の方か、この寺に出入りする方で、江戸で札を売り歩いている方はいませんか。そういう人がいると噂を聞いたことがあるのです」

「そのような者はおらん。なにか見当違いをしているのではないか」

かたくなな態度を崩さぬまま、僧侶はつづけた。

「さあ、ここはもう閉める。出て行かれよ」

追い立てられるように、締め出されてしまった。　仕方がないので雑木林を本堂の方

へと戻った。

「代三郎、通用しなかったよ」

栗坊がぼそりと言った。

「なにがだ」

「あの坊さんにもう少し話してもらえるように念を送ってみたのだけど、思うように

いかなかった」

「どうもこの境内じゃ、お前の力は出しにくいみたいだな」

「だとしたらまずいね」

「境内全体が魔物の力でおかしな場になってしまっているのかな」

「そんな感じだよ」

「さっきのあの気分の悪い坊さんは、あれはどう見る?」

「あの人からは敵意の他はなにも感じなかった」

「敵意がありゃ十分だよ」

「ぼくたちがふざけていると思ったんだろうね」

「ああ、あの坊さん自体は魔物とは直接は関係なさそうだな」

「取り憑かれたりはしていないみたいだったよ。そういう気配はなかった」

でも、と栗坊は言葉をつないだ。

「どこか魔物に都合良く操られているみたいではあるね」

「お前もそう感じたか」

「うん」

「さて、どうするかだな」

まだまだ境内は広く、調べる場所は他にもありそうだった。が、先ほどの一件でなにかケチがついてしまった感じがするし、敵の支配下であろう場に身を晒(さら)しているのも落ち着かなかったので、いったん境内から出ることにした。

山門をくぐったところで合議にした。

「もう一度、ぼくが潜り込んで様子を見てみるよ」

「じゃあ、そのへんで待っている」

「代三郎は先に江戸に帰っていてよ」

「どうしてだ」

「少し調べる時間がほしい。あの結界といい、夜の方が魔物の力が増すみたいだ。やつは猫と同じだよ」

「昼は寝ていて、夜に動くというのか」

「うん。夜に寺の中でなにが起きているのか、今のうちに入っておいて確かめてみる」

「大丈夫か。三味線がないと人の姿に変わることができないんだぞ」

「閉門してからはむしろ猫でいた方が安全だよ」

「そうは言ってもな。お前を置いて先に江戸に帰るっていうのは」

「なら昨夜泊まった旅籠屋でもいいよ」

「にしても遠いぞ」

「大丈夫。代三郎が近くにいるとかえって怪しまれるかもしれない」

「坊さんにか、それとも札売りにか」

「両方さ」

ぼくにまかせて。そう言うと、童子は猫になってふたたび山門をくぐった。それを見送って、代三郎は寺に背中を向けた。

栗坊の言うように長屋に帰るべきか。

が、神田はなにしろ遠い。なにかあった場合に備えて近くにいた方がいいのではないかと思えた。

寺から離れて見通しのきく場所に行くと、田畑の向こうに家々が見えた。どこか休めるところでもあるかもしれない。そう思って歩き出したときだった。

「代三郎」と呼ぶ声がした。

この声は。

「建妙寺とかいうのは、ここか」

振り返ると、馴染みの顔が三つ、山門の前にあった。

マルメとミイヤとサイサイだった。

「お前たち……」

「於巻に聞いて来たのさ」

マルメは「ほれ、これ」と茶屋で使っている薬缶を差し出した。

「持って行けって頼まれた。そのへんで茶でも飲むべ」

そう言うと、座敷わらしは山門を見あげて「ふん」と不敵な笑みを浮かべた。

七　早足

「そんじゃ栗坊は今もあの寺にいるってんだな」

マルメが茶碗片手に雑木林の向こうに顔を出している伽藍を睨んだ。

「ああ、夜になるのを待つと言っている」

「怪しいな、あの寺」

ミイヤも酒飲みのようにくいっと茶をあおると、「うん、怪しい」と繰り返した。

「それじゃあ、寺に居着く座敷わらしなんてのはいないっていうんだな」

言いながら、代三郎も茶を飲む。於巻がマルメに持たせた薬缶に入っていたのは、稲取屋で出した碾茶だった。旨味の強い茶は、長歩きと寺での一件で疲れていた身体に優しかった。

「ああ、おらたちが知る限り寺に座敷わらしが居着くなんてことはまずねえ。そもそ

も寺なんてのは仏様が守っている場所だ。おらたちに出番はねえよ」

「まあ、居着いているかどうかはわからないんだけどな」

建妙寺までは距離にして五町（約五百五十メートル）ほどか、代三郎は三人の座敷わらしたちと田圃の間を流れる小川の堤に腰を下ろして、夜が来るのを待っているところだった。

それにしても思わぬ援軍であった。

座敷わらしたちは、驚く代三郎に「ひさしぶりに茶屋に顔を出したら、於巻からおめと栗坊が建妙寺とかいう寺に行ったって聞いてな」と事情を説明した。

「そんでまあ、ちょいと走って来たってわけだ」

サイサイが言うには、「栗坊に頼まれたからな。おらたちはおらたちでその座敷わらしのことを探っていたのさ」とのことだった。

座敷わらしたちは断りなく自分たちの名を騙っている者がいるのではないかと、それぞれに目を光らせていた。

が、ここしばらく、そうした話はほとんどなかったという。

唯一耳にした情報は、二十日ほど前の明け方に、同じ座敷わらしのなりをした子ども一団が、深川から浜町に向かって新大橋を渡るのを、たまたま岸辺の家に棲み着

いている仲間の一人が目撃した、というものであった。

「話によると、十人ばかりの座敷わらしが、わっせわっせと箱を担いで駆けて行った
そうだ」

二十日ほど前といえば、名木曽屋から千両箱が盗まれたときと重なる。

「その、代三郎の茶屋に出た三太とかいう座敷わらしは金目当てだったんだろ。だと
したら、橋を渡っていた連中がその千両箱を運んでいたんじゃねえかな」

ミイヤの推理は、ほぼ当たっていそうだった。

「そんなことができるのは、確かにおらたちくらいなものかもしれねえな」

サイサイも、これが座敷わらしの仕業だと認めていた。

「ひとつ聞いていいか。幽霊にそういう真似はできるか」

代三郎の質問に、わらしたちは首を横に振った。

「幽霊に物を運ぶなんて力はねえ。せいぜい揺らしてゴトゴト言わせるくらいだ」

「ふーん、そうかい」

「わかっているよ、代三郎の考えていることは」

マルメが答えた。

「そいつらはおそらく、本物の座敷わらしではねえ。座敷わらしであって座敷わらし

でねえ、別のなにかだ」

「ま、なんにしろ日が暮れたらおらたちも行くべ」

ミィヤが残りの茶をあおった。

「そうだな。おらたちを騙るもんの正体さ突き止めるべ」

サイサイもならった。

「魔物に出くわすかもしれないんだぞ、お前ら大丈夫なのか?」

気になっていたことを訊（き）いてみた。

実年齢はともかく、座敷わらしたちはなんといっても「わらべ」だ。精霊とはいえ

魔物が相手となるとさすがに分が悪いだろう。

「代三郎、新大橋を渡っていた座敷わらしたちがなんで誰（だれ）にも見つからなかったかわ

かるか?」

「どういう意味だ? お前たちゃ人の目にはつかないんだろう。見つからなくてもお

かしくはないだろう」

「おらたちは目立たなくても、千両箱が何個も動いてりゃさすがに目につくべ」

「そうか、それもそうだな」

マルメは「にひっ」と笑うと一瞬にして姿を消した。

「あれっ、おいマルメ！」

「ここだ、ここだ」

マルメは土手から五間（約九メートル）ほど離れた畔（あぜ）の上にいた。代三郎は目をまるくした。

「はええな。どうやってそこまで行ったんだ。なんかずるでもしたのか？」

「ずるだなんて人聞きの悪いこと言うな。ちゃんと走ったのさ」

「なんにも見えなかったぞ」

「そりゃあれだ。目にも止まらぬ速さってやつだ」

「すごいな。栗坊よりもずっとすばしっこいな」

座敷わらしにこんな特技があるとは知らなかった。

「代三郎よお」

横でミイヤが呼んだ。

「その三太って座敷わらしはマルメみたいに走れたかい」

「それはわからないな。あの家は大猫さまのまじないがかかっているだろう」

「ああ、そうだったな。おらたちもあの家のなかじゃこうはいかねえ」

「ただ、おかしいところがあったな。お前らと違って奥州訛（なま）りがないんだ。本人も江

戸の生まれだって言っていた」

「そりゃ怪しい。そいつはやっぱり〈もどき〉だ」

「んだ。三太なんて名前も座敷わらしにしちゃおかしい」

言ったかと思うと、サイサイもぱっとマルメの隣に移動してみせた。

「おい、本当に走っているのか。俺の目にはなにも見えないぞ」

「人の目にゃあんまり速過ぎて見えねえんだ。目つぶって、ひい、ふう、みい、と数えてみな。その間にここと江戸の往復くらいしてみせっぞ」

ほらを吹きやがって、と笑い飛ばしたいところだが、やってみせろと言えばやりかねなかった。

「なるほどなあ。それだけ速けりゃ千両箱を担いでいたって、誰にも見えやしないよな」

「ああ、代三郎も帰りはおらたちにまかせろ。担いでやる」

言うやいなや、マルメとサイサイは代三郎の前に戻って来ていた。

「さすがは精霊だな。驚いたよ」

田圃からはゲーゲーと蛙の声が聞こえてくる。

建妙寺のある雑木林の向こうに、たなびくように山々の緑が見える。鎌倉五山の建

長寺はあの向こうだ。さらにその先には鶴岡八幡宮がある。

太陽は山のすぐ上にあった。日暮れまではそう遠くないだろう。「どれ」と代三郎

は草の上に寝転がった。

「空でも眺めて夜が来るのを待つか」

「んだな」

マルメたちも横になった。付近の田畑には野良仕事の百姓の姿がちらほらとあった

が、座敷わらしたちの力なのか、こちらに注意を払う者はいなかった。

夜、代三郎と座敷わらしたちは建妙寺の山門の前まで来ていた。

「夜に来るのはいいんだけど、問題はこの門だな」

山門は閉じている。ミイヤとサイサイが、その閉まっている門を窺っている。

「どうだミイヤ。入れそうか」

「門からでねえと無理だ。塀の上をまたぐと結界に触れる」

「そうか。栗坊が言っていたやつだな」

代三郎は三味線をかまえた。

「結界には結界ってことで、ひとつ鳴らしてみようかね」

「そんなことしちゃならねえ。おらたち座敷わらしの流儀に反する」

「流儀ってなんだ」

「座敷わらしは音もなく居着くもんだ」

「よく言うよ。その割に物音を立ててるじゃないか」

「あれはその家の者たちに座敷わらしが居着いているぞと親切に教えてやっているだけだ。でねえと、人間はばかだからな、おらたちが居ることに気付きもしねえ」

「こんなとこで名乗りをあげてみろ。すぐに囲まれっぞ」

マルメも三味線には反対のようだった。

「なんだか得体が知れねえけど、中になんか大勢いる」

「魔物か」

「わがんね」

しっ、と人差し指を口に当てたのはサイサイだった。

「道をなんか来るぞ」

全員で近くの茂みに隠れた。

間を置かず山門の前に人影が現われた。

何人かいた。背が低い。一目で座敷わらしとわかった。

座敷わらしたちはそれぞれなにかを抱えていた。金か金目の物のようだった。

「オン・カカカ・ビサンマエイ・ソワカ」

一人が地蔵菩薩の真言を三度唱えると、山門がギイイと開いた。

座敷わらしたちは奥へと消えてゆく。すると山門はまたそれに応えるように勝手に閉まった。

少しの間様子を見てから、代三郎たちは無人となった門の前に戻った。

「もうさっきの連中は境内の奥に行っただろう。俺たちもやってみるか」

「んだな」

オン・カカカ・ビサンマエイ・ソワカ。オン・カカカ・ビサンマエイ・ソワカ。オン・カカカ・ビサンマエイ・ソワカ。　四人で三度繰り返した。

山門が、ゆっくりと動いた。

門を抜け、参道を本堂へ向かって歩く。

境内に明かりはまったくない。僧侶たちも僧房で眠っているようだ。

だが、マルメたちの嗅覚は其処彼処に蠢くなにかを感じ取っていた。

「こりゃあひでぇ。そこらじゅう妖気に覆われているな。ここじゃ早足はきかねえな」

「魔物がどこにいるかわかるか」

「栗坊をさがすのが先決だべ」

「確かにな」

代三郎一人で魔物と対決したところで倒す術がない。魔物を退治するには栗坊の弓や太刀の力が不可欠だった。

「隠れろ」

前を行くミイヤが言った。近くにある石灯籠の陰に身を潜める。

外に面した本堂の廊下を座敷わらしたちが歩いていた。

「さっきの〈もどき〉どもか」

サイサイが睨みつける。

「本堂に入った。中を覗くべ」

忍び足で本堂に近づく。廊下に上がり、格子窓からそっとなかを覗いた。

暗い堂内に、人よりも大きななにかがいる。そのなにかの前に、座敷わらしたちが集まっていた。

「なにをやっているんだ」

目をこらすと、大きななにかは人のような形をしていた。

耳を澄ますが、なにも聞こえない。代三郎は隣にいるわらしたちを見た。

「なにか聞こえるか」

「代三郎には聞こえねえな。思念で喋っている。ここからじゃそれもよく聞き取れね
え」

「あのでかいやつはなんだ」

「よく見ろ。はあ、こいつはたまげた」

「なにがたまげたんだよ」

「ありゃあ地蔵菩薩様でねえか」

「地蔵菩薩だって。仏像が動いて喋っているのか」

「驚くことはねえ。付喪神を思い出せ。物に魂が宿って動くことはある」

「付喪神じゃなくて、ありゃ魔物じゃないのか」

「かもしれねえ。近くに寄ってみないとわかんねえな」

「あの〈もどき〉どものふりすっか」

「そら名案だ」

「そんなことできんのか」

「人の目を眩ませるのはおらたちの得意技だ。心配すんな」

「あれは人じゃなくて魔物だぞ」

「しっ、声がでかい」

地蔵菩薩がこちらを向いたような気がしたので頭を引っ込めた。

どうしたものか。あまり長居しているとまずいことになりそうだった。

〈栗坊がいれば……〉

ここに栗坊がいて、もしあの地蔵菩薩が魔物だとしたら、一気にかたをつけるのだが、それをできないのがもどかしかった。

「代三郎」

マルメが腕をつかんできた。

「栗坊も見つからないし、ここはミイヤとサイサイにまかせておらたちは別の場所をさぐるべ」

「そうしよう」

頷いて、身を屈めて階段をおりた。

「待て」

マルメが袖を引いた。階段をたてにして隠れた。

すぐ目の前をものすごい速さでなにかが駆け抜けた。すぐに、それを追って子ども

たちが何人も走り過ぎる。

「猫だ猫だ！」

「つかまえろ！」

猫？　とマルメと顔を見合わせた。

本堂からも足音がした。

「なんかいるのか？」

「猫だよ猫！」

子どもの声が響く。耳ではなく、直接頭に響くような声ばかりだった。

「どっちに行った？」

「観音堂の方だ」

「あの猫、さっき本堂で俺たちが座敷わらしになるとこを見ていたぞ」

「怪しい猫だ。とっつかまえるんだ」

境内のあっちこっちから声が聞こえた。

「栗坊が追いかけられているみたいだな」

「たぶん結界に邪魔されて外に逃げられないんだべ」

ひょいと顔を出して廊下を覗くと、ミイヤとサイサイの姿がなかった。この騒ぎに

乗じて動き始めたらしい。

「代三郎、おらたちで山門を開けておいてやろう」

「栗坊のやつ、気付いてくれるかな」

「なあに、門の前で三味線を鳴らせばいい」

「鳴らしていいのか」

「背に腹は代えられないべ」

　隙をついて本堂から離れた。

　参道の端を、松並木を隠れ蓑にしながら山門に戻る。真言で開けて、下に止め板をかませた。三味線は門柱に立てかけた。

「マルメ、もし俺たちが魔物に気付かれた場合、ミイヤとサイサイは大丈夫か」

「わからねえ。魔物がこっちに気を取られてくれりゃあ逆に仕事がやりやすくなるかもしれねえ。いい方に考えることだな。ま、死んだら死んだだ」

「死んだら死んだだって……」

「おめえ知らねえのか。おらたちゃ滅多なことじゃ死ねねえんだ。んだもんだから、ずるずると何百年も過ぎちまう。死ぬのも一興ってとこだ」

「呆れたな。俺よりものんきなやつがここにいた」

「なあに言ってんだ。おめえも似たようなもんだろう」

「俺は人間だ。心の臓がとまりゃあくたばる」

「なあんもわかってねえみたいだな。ああ、こりゃ哀れだ」

「なにが哀れなんだよ。気になるじゃないか」

「くだらねえお喋りしている場合じゃねえぞ。ほーれ、見つかった」

「見つかった？」

背後を見ると、夜道に男が一人立っていた。

「この夜更けになにをしておられるのかな」

星明かりの下で、山伏のような出で立ちが見えた。

「寺に用があるなら昼に来られるとよい」

男は、代三郎のかたわらにいる座敷わらしに気付いた。

「お前、なんのお許しがあって寺の外に出ている。姿まで晒して、コタン様の許しは得ているのか。それともすでに札より出て務めを果たした帰りか」

「帰りにございます」

咄嗟の判断だろうが、マルメは冷静に返答した。

「そちらの方はどなたか。人を案内するようにとは言われていないはずだ」

「わたしが帰って来たら、ちょうどここにおられたのです」

「大人ぶった口をきくものだな。さてはお前、町人の子ではないな」

「武家の出にございます」

「ふん、ところでどの家から来た。美元がいなくなってからこっち忙し過ぎてな。どの家にどの札を納めたか忘れてしまった」

そこまで言ったところで、口が過ぎたとでも感じたのか、男は代三郎に問いかけた。

「このあたりに住まわれておられるのか」

「いえ」

「あいにくこの寺に宿坊はない。少し遠いが鶴岡八幡宮まで歩けば宿屋がある。さいわい月が出ているので道には迷わず行けるはずです」

男がこちらを追い払いたがっているのがわかった。そして男の正体が何者かも。

さて、どう出たものか。

「失礼ですが、なにか勘違いをされているようです」

口が自然に動いていた。

「勘違い?」

「俺はあなたに会いたくてここに来たんですよ」

「わたしに会いに?」

あからさまに用心する顔つきだった。

「お名前は存じ上げませんが、もしや江戸でお札を配ってまわっているという修験者
は、あなたさまではございませんか」

「どうしてそれをご存知なのか」

「お訊きしたいことがあるのです」

「なんでしょう?」

「この札、どうやって使えば燃えずに済むんですかね?」

代三郎が胸元から取り出したのは、道村座で手に入れた札だった。

「そ…それは」

「あなたが道村座の座元にうまいこと言って押しつけた札ですよ」

「座元には、北側の柱に貼るようにと伝えたはずだが」

「いや、貼っておくと燃えてしまうっていう話を聞きましてね。芝居小屋から火事な
んか出したら奉行所からどんな御咎めを受けるかわかったものじゃない。そういうわ
けで元の持ち主に帰しに来たってわけですよ」

「誰だ」

男の声には完全に敵意が込められていた。

「どうしてここがわかった」

「なに、追いかけただけのことですよ。一昨日、歌舞伎が終わったらお声をかけよう と思ったんですけどね。誰かさん、見せ場の十一段目の、しかもいちばんいいところ だってのに、立ち上がってすたこら帰っちまうもんだから」

「道村座の者なんだな」

「一昨日はたまたま、ね」

「たたたま?」

男はじろりと代三郎を見た。全身を点検するように頭から足先までをねめまわす。

「わかんないみたいだね」

代三郎は、門柱に立てかけておいた三味線を手にとった。

「これこれ」

「それは!」

ベーン、と鳴らしてみた。「うっ」と男が顔をしかめた。

「悪いが寺のなかには入れないぞ。あんたにゃ訊きたいことがたんまりあるんだ」

ベンベベン。もう一度鳴らす。男の顔が歪む。

「や、やめろ」

「誰がやめるか。言えよ。いったいなにが目的で札なんか配って回っているんだ。金が目当てだってのはわかっている。だけどそれだけじゃない。俺はそこが知りたいんだ」

ベンベンベンベベン、ベンベンベンベベン。

近くで鳴らす三味線の音は思った以上に有効なようだ。男は動くこともできずにいる。

「やめろ、やめろ」

「なら話せよ」

「おい、わらし。寺に入ってコタン様に告げよ。怪しき者が来たと」

男がマルメに命じる。

「地蔵菩薩様にか」

マルメが問い返す。

「そうだ。なにを当たり前のことを訊いておる」

ベンベンベンベベン、ベンベンベンベベン、ベンベンベンベベン。繰り返される三味線の音に男が「うぐあ」と頭を抱えて跪いた。

「やめてくれ」

やはりだ。あの美元という使い魔も代三郎の三味線だけでほとんど力を失っていた。

男が美元と同じ使い魔であるなら、栗坊なしでもなんとかなる。そう踏んだのだが、

吉と出たようだった。

ただ、あまり長くつづけるわけにもいくまい。

他に物音のしない夜更けだ、境内の奥まで音が届いていてもおかしくはない。

「わらし、なにをしている！」

「おらはおめの言うことは聞かねえ」

「なに？　聞けば望みが叶（かな）うのだぞ」

「望みってなんだ。おらの望みはおめえの正体をあばくことだ」

「なんだと」

コタン様って誰だ。地蔵菩薩様のなりをして、なにをしている。さ、白状しろ」

「神に向かって、神の使いであるわたしに向かってなんという言い草か」

「なあに偉そうなことを言っている。代三郎、もっと三味線鳴らしてやれ」

マルメに言われて、さらに早弾きを加速させようとしたときだった。門の向こう側

から地鳴りのような音が響いてきた。

「なんだ？」

マルメが門の中を覗いた。

「うひゃあ！」

マルメの叫び声とともに、栗坊が飛び出してきた。次いで、ミイヤとサイサイも出てきた。

「どうしたんだ」

三味線の音は絶やさずに中を見てみた。

「うわっ！」

目に入ったのは、参道を埋め尽くしてこっちに駆けて来る座敷わらしの群れだった。なにかに操られているのか、わらしたちの目は獲物を見つけた獣のようにギラギラ光っている。

そのギラついた目が、何十何百と迫って来ている。栗坊を追っているうちにこんな数になったらしい。

「やべえ、閉めろ！」

止め板をはずして門を閉めた。

「いったん退散だ」

振り返ると、人間の姿になった栗坊が太刀を男に向けていた。

「使い魔よ。ご主人様によく伝えておくんだね」

男は切っ先を向けられて動くことができない。

「これ以上の悪事は許さない。覚悟しておけってね」

「不埒な……」

「不埒はどっちだい。子どもを操って盗みを働かせる方がよほど不埒じゃないか」

「盗みなどと申すな。あるべきものをあるべきところに戻しているだけだ」

「そのために座敷わらしになりすましてかい。座敷わらしもいい迷惑だね」

「座敷わらしごときの評判がどう落ちようと、我らには関係ないわ」

門がどんどんと鳴った。わらしたちが出てこようとしている。

「おいみんな、引き揚げるぞ」

とりあえずはいったん引いた方が良さそうだった。使い魔や魔物はともかく、あのわらしたちを傷つけたくはない。

「代三郎、栗坊、こっち来い！」

マルメが袖を引っ張った。ミイヤとサイサイも駆け寄る。

「行くべ！」

だっと走り出すわらしたちにつかまれたまま、代三郎と栗坊は夜道を瞬く間に走り抜けた。

八　地蔵菩薩

「うっそ、ここ、もう長屋?」

裏木戸の前までくると、栗坊が素っ頓狂（とんきょう）な声をあげた。

無理もない、五つ数えるかそこらのうちに十二里の行程を一気に駆けてしまったのだから。

「ああ、驚いただろう」

そういう代三郎自身も目を白黒させていた。

マルメに引っ張られたかと思ったら、いきなり景色が流れ出し、かと思うと、もう我が家に帰って来ているのである。

声が聞こえたらしく、於巻が家の裏側の戸を開けるのが聞こえた。

「静かにしないと、長屋のみんなが起きちゃうわよ」

出てきた於巻は寝支度の格好だった。

とりあえずは全員、家に入って茶屋の小座敷に陣取った。

「これではっきりしたな。本堂にいた地蔵菩薩が魔物だ」

あとは倒すだけ。そう言いきりたいところだけれど、あの座敷わらしたちが気になった。

「お前たちどう思う。あれは本当に〈もどき〉か」

「間違いねえ。ありゃ〈もどき〉だ。もっとも、誰が見たってそうとはわからないくらいおらたちとそっくりだったけどな」

ミイヤとサイサイは、あれから地蔵菩薩がわらしたちになにを言っていたか、すべてではないが盗み聞きしてきたという。

「あれは、あそこに供養されている子どもたちだ。それが座敷わらしに化けさせられて悪さを働いているんだ」

「やっぱりそうか」

そうではないかと思っていたのだ。

「まいったよ」

栗坊はというと、疲れた顔で笑っていた。

「隠れていたんだけど、見つかっちゃってね。猫だ猫だって追いかけ回された。どこ

に逃げても次から次へと現われるんだからかなわないや。三味線が鳴ってくれて本当に助かったよ」

追いかけてきたのは座敷わらしだけではない。それに化ける前の子どもたちもいたという。

「あの子たちが座敷わらしに変わるところを見たよ」

夜、朝の早い僧侶たちが寝静まると、あの塔頭の裏にある地蔵から次々と子どもたちの霊が出てきた。

子どもたちは、なにか順番か当番でもあるのか、幾人かが塊となっては本堂の内部へと吸い込まれるように消えていった。しばらくしてかわりに出てきたのは、座敷わらしの姿となった子どもたちだった。

「本堂を覗いてみたら、地蔵菩薩が子どもたちに光を当てていた。でも、ぼくが見ることができたのはそこまでだった」

夜の境内は子どもたちの遊び場だった。

見ると、そこらじゅうで子どもたちが鬼ごっこやかくれんぼをして遊んでいた。数百もの子どもたちの目から逃れることはさすがの栗坊もできなかったらしい。

猫だ猫だと栗坊が追い回されている間に、ミィヤとサイサイは大胆にも本堂の中へ

と入ったという。

「おらとサイサイは、あれからあの〈もどき〉どもに混じって地蔵菩薩の前に行ったんだ」

地蔵菩薩は、子どもたちに「コタン様」と呼ばれていたという。

「コタンだかなんだか知らねえけど、ひでえやつだったな」

「どうひどいの？」

栗坊に促され、二人は地蔵菩薩ならぬ「コタン」について語った。

「札を貼った家にある銭は全部悪さをして集めたもんだから分捕って来い、そうしらかわりに親のもとに生まれ変わらせてやるって〈もどき〉どもに言っていた」

「嘘に決まっているべ」

サイサイが鼻をつまむ。

「ありゃ相当な強欲だな。持って来た銭は自分が浄財に変えるだとかきれいごとぬかしていたけど、どうせ懐に入れるつもりだべ。野郎の後ろに千両箱やら櫃やらがわんさと積んであったわ。どうせまじないをかけて坊さんたちには見えねえようにしているんだべ」

幽霊のはずの子どもたちは、コタンの放つ光によって「座敷わらし」へと姿を変え

ていた。

「霊には物なんか運べねえけど、おらたちになれれば簡単に運べるからな。ただしょせんは〈もどき〉だ」

「んだ。コタンの話じゃ外で座敷わらしになっていられるのはもって半刻か一刻だって言っていたな」

「なるほど。だから札に封じ込めて、いざってときしか出てこなかったんだ」

「そういうことだな」

見ていると、子どもたちは魔力に影響されているのか、コタンの言うことを信じて疑っていない様子だったという。

ミイヤとサイサイは自分たちも騙されているふりをしてコタンに訊いてみた。

「座敷わらしに化けるのはいいとして、本物の座敷わらしは迷惑しませんか。それにもし本物の座敷わらしのいる家に出ちまったらどうすりゃいいんですか」

「安心せよ」

コタンはそう答えた。

「札売りには他に物の怪がいるような家は選ぶなと言っておる。あやつらはたいした力は持たぬが鼻だけはきくからな。それでも間違って出会ってしまったら、運が悪か

ったと観念しておのれの力で退けよ」

「おのれの力で？」

「そうだ。父や母の子としてまた生まれたければ、それくらいのことできぬはずがな

い。だいたい相手は奥州の田舎妖怪だぞ。わしが授けた力を持つお前たちの方がよほ

ど強いわ」

そうだ、と男の子のわらしが答えた。

「俺たちは江戸っ子だ。田舎者なんかにゃ負けやしねえ」

「そうだそうだ」

「誰にも邪魔はさせねえぞ」

「あたいだって生まれ変わって親孝行するんだ！」

「俺もだ！」

〈わらしもどき〉たちは誓いを立てるように叫んだ。

「では、お前たちを札に封じるとしようかの」

地蔵菩薩がそう口にしたときだった。

「待てえええ──っ！」

どたどたどたと本堂の廊下を走る子どもたちの声がした。

「何事か」

地蔵菩薩が問うと「猫です」と廊下から答える声がした。

「野良猫だろう。猫がどうしたというのか」

「誰が最初に捕まえるか、競争しているんです」

「ふう。くだらんことを。そんなことより」

コタンがわらしたちに手を翳そうとしたときだった。

「ニャッ！」

本堂に栗坊が飛び込んできた。

「猫だっ！」

ミイヤとサイサイが立ち上がった。

「捕まえろ！」

本堂を一目散に横切る栗坊を二人は追いかけた。「待てっ！」と他のわらしたちも興奮してついて来た。

「おいこら、どこに行くのだ。お前たちときたら勝手なことを」

ミイヤとサイサイは聞こえないふりをして飛び出した。でないと危うく札に封じられてしまうところだった。

「猫はどこだああ――――っ！」

　境内は同じように栗坊を追うわらしや子どもたちで溢れ返っていた。

　ミイヤとサイサイはそれにまぎれて本堂の前の広場を突っ切り、一目散に参道へと駆けた。

　目の前を栗坊が走っていた。背後にはそれを見つけた〈わらしもどき〉や子どもたちが迫っていた。代三郎たちによって門が開かれていなければ危ないところだった。

「ふざけたやつだな」

　マルメは呆れていた。

「そんなふうに子どもの霊をたばかって操っているだなんて、いってえ何者だ」

「ってことは、生まれ変わらせてやるという約束は嘘なのか」

「ああ、嘘に決まっている。本物の地蔵菩薩様だって死んだ人間を天上界に生まれ変わらせることはできても、人の世にもう一度生まれ変わらせることはできねえ。そんなのはおらたち下っ端の精霊や妖怪でも知ってる」

「じゃあ、〈もどき〉にされた子どもたちはこき使われて働き損か」

「んだ。そればかりか、盗みを働いたかどで黄泉に行ったあと地獄に落とされるかもしれねえ」

「ああ、鬼どもにとっつかまって舌ひっこ抜かれるのがおちだな」

サイサイがもっともらしく腕組みして頷いた。

「そんなのひどいよ」

於巻が口を尖らせた。

「代三郎さん、栗坊、そのコタンとかいう魔物、ちゃっちゃとやっつけちゃいなさい！」

「あい」

「あいじゃなくて、なんだったらわたしがいくよ」

袖をまくる於巻を「バカ言うな」と代三郎はとめた。

「明日にでも行って片付けて来るよ」

ただし、と代三郎は付け加えた。

「厄介なことがひとつある」

「厄介なことって？」

「あの寺だよ。結界みたいなものが張られているんだ。あそこじゃ栗坊が力を出しきれない」

「魔物を外に引っ張り出せないの？」

「それができればいいんだけどな」

「もうひとつ厄介ごとがあるよ」

　そう言う栗坊は、めずらしくうんざりした顔を見せていた。

「あの子どもたちをどうにかしなきゃ落ち着いて仕事ができやしないよ」

「確かにな」

　思い出すと、笑いごとではないのだが笑えてくる。

「猫に天敵がいるとすれば人間の子どもだものな」

「まあ、今度は最初から猫じゃなくて人の姿をして行くからいいけどさ。それよりもへたに魔物とやりあったらあの子たちも巻き添えになってしまいそうで、それが心配だよ」

「んだなあ。あの〈もどき〉たちゃみんなコタンとかいうのを信じきっているみたいだったしな。巻き添えどころか邪魔立てしてくるかもしれねえな」

　ミイヤの言葉にマルメもサイサイも「ありえるな」と頷く。

「大猫さまに相談してみる？」

　於巻がちらりと神棚に目をやる。

「そんなことは自分で考えろ、と言われるのがオチだろう」

「ぼくもそう思うな」

「でも、なにか考えるネタくらいはくれそうじゃない。いつもそうでしょ」

「まあな。どうせ今回のこれもどっかで高みの見物をしていそうだしな」

「昼のうちに行くってのはどうかな」

栗坊が提案した。

「見たところ魔物は昼のうちは隠れているみたいじゃない。その間にできることがあるかもしれない」

「あの坊さんたちの目があるだろう」

「それもそうだね」

「代三郎さん、その住職さんたちは本当にこの一件には関係ないのかな」

寺に行っていない於巻には僧侶たちも怪しく感じるようだった。

「悪だくみには荷担していないみたいだ。ただ魔物に操られている感じはする。やつが隠れ蓑にするのにいいように使われているんじゃないかな」

「昼の一件で代三郎と栗坊は住職に要注意人物として見なされてしまった感がある。彼らに見えるところで目立つ振る舞いはできそうにない。

いっそ魔物が眼前に現われて派手にやらかしてくれれば話は別かもしれないが、そ

こに至る前に寺から追い出されてしまいそうな気もする。

「ところで、その魔物の正体はなんなの。コタンとか名乗っているんでしょう」

「コタンなあ。こんな名前の魔物は初めてだな」

魔物は魔物。倒せばいい。これまで代三郎はそう割り切って魔物と対峙してきた。

だが今度のように名前を知ると、相手が何者であるかが気になってくる。ありゃ見る者をだまくらかす仮の姿だ。

「地蔵菩薩様じゃねえのは間違いねえ。なんか自分のこと神とか名乗っているみたいだったな」

「ミイヤの言う通りだと思う。んだけど、

そういえばあの「札売り」の男がそんなことを口走っていた。

「コタンか。言われてみりゃあ神っぽい名前だよな」

「神様が仏様に化けて悪事か？　くわばらくわばら」

マルメが首を切られる真似をしてみせる。

「うーん、もし本当に神様だったらぼくたちよりずっと格上だね」

「俺たちやられちゃうかもな」

あはは、と笑いあっていると、於巻に「こら」と怒られた。

「そんなことでどうするの」

「ははは。冗談だよ」

代三郎は、「今日は遅いし、そろそろ寝るか」と立ち上がった。

「どっちにしろ次は真正面から対決だ。そのときに訊いてみるか。お前さん、何者だってな」

「答えてくれるかしらね」

「答えてくれなきゃそれでいい。かえってその方が楽だ。そういうやつは戦うのに精一杯で余裕がないってことだからな」

「そうそう。逆に答えるような自分に自信があるってことなんだよね。こういうのは手強いんだ」

「二人ともがんばってちょうだいね」

「おらたちも手伝うからな」

「マルメ、悪いな。お前がついて行く漢学者さんはどうなった」

「先に盛岡さ行った。今ごろは宇都宮か、早けりゃ白河にでもいるんじゃねえかな」

なあに気にすっな、と本物の座敷わらしは小さな胸を叩いてみせた。

「代三郎も見たべ。おらたちの足の速さを。その気になりゃすぐに追いつくさ」

「ありゃあ速いなんてもんじゃないぞ。お前らにかかったら海を渡って異国にも簡単

「に行けそうだな」

「異国なんか興味ねえ。おらたちは陸奥のまわりにしか住まねえよ。出張っても箱根の山から向こうにゃ滅多に行かねえ。昔は都や西国にも行ったけどな。ろくなもんじゃねえからやめたんだ」

「へえ。あんたたち、都にもいたんだ」

於巻が感心してみせた。

「ま、昔の話だ」

「しかし驚いたな。座敷わらしっていったら家の奥間で日がなだらけているもんだとばかり思っていたのによ」

「そりゃ自分のことじゃないの」と於巻がからかう目で代三郎を見た。

「まあ、おらたちもやるときはやるってことだ」

「まんざらでもないといった顔のマルメに代三郎は訊いた。

「座敷わらしにあんな足の速さがあって、なんの足しになるんだ」

「そりゃおめえ」

マルメが言うと、ミイヤもサイサイもおかしそうにくすくすと肩を揺らした。

「逃げるときに役立つべ」

「んだなあ」

「んだんだ」

言われてみれば、今日も退散するのに役立ったばかりだった。

「さっきも言ったけどな。昔はな、おらたちも遠くは九州あたりまで行ったもんなんだ。あの頃は城に居着くのが流行ってな。おかげでひでえ目に遭ったやつがいっぱいいた」

「ひでえ目って?」

「戦で城が落ちたりな。そりゃあもう散々だった」

「お前らもなんか見たのか?」

おもしろそうなので座り直した。

壇ノ浦は、あれは嘆かわしかったな」

三人は「うんうん」と頷きあった。

「源平合戦か。それ家じゃなく舟だろう」

「舟に居着いていたんだ。揺れて大変だったな」

「おうおう、矢はいっぱい飛んで来るしな。おっかねえっったらありゃしねえ」

「おらは潮が変わったときに、こりゃもう駄目だと腹あ括ったな」

「おらもだ。二位尼さの顔見てな、あ、こら死ぬ気だわと悟った」

「言仁は助けてやりたかったな。まだあんな小せえのに道連れにするこたあねえだろ」

聞いていると、どうもわらしたちは平家方の舟に居着いていたようだが、どこまで本当だかは知れたものではない。

「言仁って誰だよ」

「安徳帝だ。背格好が近いからよく遊んでやったんだけどな」

「ありゃその辺の貧乏公家にでも生まれてりゃよかったのにな。ああ気の毒だ」

「ま、さっさと逃げちまうに限ったな、あんときは」

「んだんだ」

「おらは教経が獅子奮迅の戦いさしているうちに今だと抜け出した。あとは知らね」

「調子に乗っているわらしたちを代三郎は「おい」と遮った。

「あとは知らねじゃないだろ。座敷わらしってのは、いるかいないかでその家の家運が決まるんだろう。ひょっとして、平家が滅んじまったのはお前らが逃げ出したからじゃないのか」

「そんな殺生なことを言うでねえ」

「そうだ、代三郎。人の世で起きたことを座敷わらしのせいにするでね」

「てゆうか、今の話は本当かよ」

「さあな」

「なにしろ古い話だからな。よく覚えてねえ」

座敷わらしたちはニタニタしていた。考えてみれば、見かけこそかわいいがこれでも妖怪である。人間の常識など通用しないし、過去にどんな闇があるかわかったものではない。

「これ以上はやめとこう。昔をほじくり返すとお前らなにしているかわかったもんじゃない」

「なんだよ。　比叡山焼き討ちの話でもしてやろうかと思ったのに。あれはすごかったぞ」

「それよかほら、天草の乱、あれも語り種だ」

「遠慮しときます」

代三郎は「はあ」と肩で息をした。

「それよりも、お前らそれだけ昔を知っているんだったら、コタンとかいうやつの正体もつかめるんじゃないか。なんか方法ないのかよ」

206

「まあ、さがせばないことはないだろう」

「座敷わらしの仲間みんなに聞いてやるよ」

江戸には数百の座敷わらしがいる。それだけいれば、誰か一人くらいはなにか知っ

ているかもしれなかった。

だが、それを待っている暇はない。

ミイヤが訊いた。

「代三郎、明日も寺に乗り込むんだろ」

「ああ、そのつもりだ」

「がんばれよ」

「あれ、加勢してくれるんじゃないのか」

「なあに甘ったれたこと言っているんだ。自分でやれ」

マルメが言うと、わらしたちはケタケタと笑った。

「おらたちも今日はひさしぶりに早足さ使って疲れた。帰って寝るとするべ」

言ったそばから手の平を返す。これだから妖怪とか精霊ってやつは……。

「だってさ」

呆れた代三郎に、於巻と栗坊も苦笑いしてみせた。

座敷わらしたちがそれぞれの家に帰ると、代三郎たちも寝る支度に入った。

今晩は全員で居間で寝ることにして、持ち帰った札を柱に貼った。

もしまた〈わらしもどき〉が出てきたら、そのときは素早く札を桶の水にでも浸して燃えなくする。そのうえで現われた〈わらしもどき〉に詳しい話を聞く。そう決めて寝ることにした。

「昨日、おたまさんから聞かれたわよ」

床に入ると於巻が言うときを待っていたかのように教えてくれた。

「なにをだ？」

「代三郎さんに子はいたのかって」

「ああ……」

なんの話か察しがついた。

「俺が鎌倉の建妙寺に行くっていうから、子の供養と勘違いしたってわけだな」

「おたまさん、さっそく他のおかみさんたちにあることないこと言いふらしたみたいだよ」

「はあ、あの人はいつもこれだな」

きっと井戸端であれこれ話しているうちに、じゃあちょいと確かめてみようかと於

巻のところに来たというわけだろう。

「すまないな。お前までへんな目で見られたんじゃないか」

「わたしは気にしないよ」

「おたまさん、自分のことは棚にあげておいて。まあ、らしいっちゃらしいな」

「こっちも逆に聞いたよ。なんでそんなことが気になるんですかって」

「そうしたら?」

「そうしたら、みんなには内緒よって教えてくれた。おたまさんと清吉さん、ずっと

若い頃に男の子を一人亡くしているんだってね。それで代三郎さんのことが気になっ

たんだって」

「やっぱりそうだったか」

二人の子も、建妙寺に供養されているのだとすれば、さっきの〈わらしもどき〉た

ちのなかに混ざっていたはずだ。そうやって考えると、あの魔物のやっていることが

許せなくなってくる。

「許せないね。子どもを使うだなんて」

於巻も同じ思いに駆られているようだった。

「……ああ、卑怯（ひきょう）だな」

返答が少し遅れた。眠気がからだを包み始めていた。もう少しで眠りに落ちようとしたところで、於巻が言うのが耳に入った。

「なんで北なんだろうね」

そのまま眠ってもよかったけれど、なにかひっかかるものがあった。

「北に札を貼れってことは、西や東じゃ駄目なんでしょう」

「そうなんだろうな、きっと」

「方角となにかが関係しているみたいね」

「方角か……」

栗坊の意見も聞いてみたかった。

「栗坊？」

「寝ているよ。代三郎さんの頭の上でまるくなって」

「明日、話すか」

「今思いついたんだけどさ。北っていうのは魔物にとっては吉で、こっちにとっては凶なんじゃない」

「それ、ありだな」

「でも、よくわからないな」

「なにがだ?」

「なんで魔物のくせに千両箱なんか狙うのかな」

「それは俺も不思議に思っていた」

十五のときに魔物退治をはじめてからこのかた、いろいろな魔物と出会ってきた。

だが金品に執着する魔物は今回がはじめてだった。

「もとは人間だったとか、そういうのかな?」

「そうかもしれないし、そうじゃないかもしれないし、わからないな」

考えているうちに、代三郎は本物の眠りに入った。

九　わらしもどき

本番を前に緊張でもしていたのか、翌朝は珍しく於巻より早く目を覚ました。

井戸で顔を洗い、なんとなく裏木戸から外に出ると、ぎょっとする光景に出くわした。

「ひゃはははは!」

茶屋の前で声を立てて笑っているのは、なんと座敷わらしであった。

「待てこらああ──────っ！」

木戸の向こうからそれを追いかけているのは、近所でよく会う岡っ引きの吾郎だっ
た。

「この小僧、それを置いていけえ──────っ！」

「やなこった！」

座敷わらしの手には小判が何枚か握られている。通りを行く人たちが、それを見て

「なんだ？」と言いあっている。

声をかけたのは佐ノ助だった。

「おい坊主。お前、男の子なんだろ。その娘っこみたいななりはなんだ」

「俺は座敷わらしだ！」

「座敷わらしだって？　その小僧はどうしたんだ。子どもが持てるもんじゃねえぞ。
そんなもん持っていると番屋にしょっぴかれるぞ」

「うるせえじじい」

「なんだとこの小僧」

吾郎も近くまで駆けてきた。

「佐ノ助、その小僧は盗人（ぬすっと）だ。　捕まえろ」

「合点承知」

「ばーかばーか」

がばっと取り押さえようとした佐ノ助の腕は宙をつかんでいた。

「あれっ、どこ消えやがった」

「ここだよー」

座敷わらしは、突っ立っている代三郎をたてにするように後ろにまわっていた。

「いつの間にそんなとこに！　こらっ」

「うへへ」

代三郎の目には、かろうじてびゅっと消え去る影が見えた。

「あれっ、どこだ」

佐ノ助も吾郎もきょろきょろしている。

「代三郎さん、今の小僧、どこに行きました？」

「さあてね。　俺も見失っちまったよ。　てゆうか、いったいなんの騒ぎですかい」

訊き返しながら、内心では首を捻（ひね）っていた。

なんでいつもは人目につくのを嫌う座敷わらしがわざわざこんなふうに目立つふる

まいをしているのか。これはいったいどういうことなのか。

「あの小僧、広州屋さんに盗みに入って小判を持ち出しやがったんだよ」

吾郎が「ちっ」と舌打ちした。

「座敷わらしだとかふざけたこと言いやがって。いったい何両くすねたんだか、子ども

だからって打ち首もんだぜ」

広州屋は主に海産物を扱う船問屋だ。長屋から歩いてすぐの距離にある。

それにしても、近所に住む座敷わらしならだいたい知っているが、さっきの座敷わ

らしは初めて見た。しかも小判を盗んだときた。

「まさかな」

今のは〈もどき〉ではなかろうか。

「まさかって。今のガキを知っているのか」

吾郎が訊いた。

「いや、子どもが小判を盗むだなんてなあ、と」

「悪ガキはどこにだっているよ。まあ、あんな目立つ格好をしたガキならすぐに見つ

かるだろうよ。お前さんも長屋の連中に言っといてくれ」

「ああ、親分も朝っぱらからご苦労だね」

「ガキ相手に捕物たあな。まあ、殺しなんぞよりはずっといいがな」

言うと、吾郎は「どうせまだその辺りにいるはずだ。ちょいと見て来る」と去って行った。

「にしても、どこに消えちまったんでしょうね。吾郎親分は近くに隠れていると思っているみたいだけど、俺の目にはぱっと消えちまったようにしか見えなかったんですけどね」

この場合は佐ノ助の言っていることの方が正しかった。

「あのなりといい、本当に座敷わらしだったのかもなあ」

「そうかもね」

「代三郎さんは不思議に思わないんですかい」

「俺だってびっくりしたさ」

「おかしいな。座敷わらしってのはあれでしょ。その家の守り神みてえなもんなんじゃないんですかい。それがどうして小判なんぞ盗むかねえ」

「さあねえ」

いったい今のはなんだったんだろう。あらためて整理して考えてみる必要がありそうだった。

家に戻ると、於巻が起きて髪に鈿を挿しているところだった。

「見たことがない鈿だな。いつ買ったんだ」

「この前猫手村に行ったときに大猫さまから招き猫と一緒にもらったのよ。それよか大事な日だっていうのに、遅くなってごめんなさい」

あやまる於巻に今見たものを話した。

「座敷わらしが?」

「ああ、でもあれは〈もどき〉じゃないかな」

「吾郎親分をからかうようにして逃げていたって、どういうこと?」

「俺には、姿を見せて、わざと目立とうとしているように見えたな」

「わざと?　騒ぎでも起こそうとしているんじゃないの」

「とにかく、朝餉が済んだらまた鎌倉に行って来るわ。片を付けてやる」

「わかりました。たんとお食べ」

しばらくして膳に並んだのは、ご飯に味噌汁に焼魚に煮物に香の物。焼魚は縁起を担いでかキスだった。

「このキスどうしたんだ」

「昨日のうちに買っておいたのさ」

「うめえなあ」

ほくほくした白身魚を味わっているところに「ニャァ」と栗坊の声がした。さっきまでは眠っていたのだが、漂っている魚の匂いにさすがに起きたようだ。

「栗坊、どうも大変なことになっているぞ」

あくびをしている栗坊に小声で伝える。

「朝から〈わらしもどき〉が悪さをしている」

栗坊の目がぴたりと止まった。

「姿を見せて、相手を挑発するように盗みを働いて逃げ回っている」

もしかするとのんびり朝餉など食べている場合ではないのかもしれない。

家の外からは、長屋の住人たちの声が聞こえてくる。

どうやらさっきの事件について話しているようだ。大戸を挟んで茶屋の向こうの通りからもざわめきが伝わってくる。

「代三郎さんは食べていて。わたし、ちょっと通りを見て来るよ」

於巻が外に出た。代三郎も気になったので残りの飯をかきこんで、おたまたち長屋のおかみさん連中がなにごとか言いあっている。佐ノ助か誰かから聞いたのだろう、話題はやはり広州屋に入った子

どもの盗人についてだった。

そこに今度は、「おたま！」と、おたまの亭主の清吉が飛び込んできた。

「あら、あんた仕事はどうしたのさ。忘れ物かい」

清吉は普請先から来たらしく、手には大工道具のかんながあった。

「さ、三太がいた」

「えっ？」

「三太だ。おかしな髪だったが、ありゃ三太に間違いねえ」

「なにを言っているのさ、あんた」

おたまは「あはは」と笑い飛ばした。

「朝からなにをおかしなことを言っているんだい。昨夜の酒がまだ残っているんじゃないかい」

「違うんだ。見たんだ」

清吉の声は女房の笑いをとめるほど大きかった。

ここ数日、大工に復帰した清吉は味噌問屋の森川屋に母家の増築工事に出かけてい

た。

清吉はその庭で亡くしたはずの息子に出くわしたのだという。

ついさっきのことだ。

庭の隅で材木を切っていたところに「泥棒だ」という店の者の声がした。

すると母家から箱を抱えた子どもが庭の離れた場所に飛び出してきた。箱は金目の物でも入っているのか、蒔絵が施された立派なものだった。

「泥棒？」

身内の子がいたずらでもしているのだろう。その程度に思って子どもを眺めていた清吉は、その顔を見ているうちに、それが死んだ息子の三太によく似ていることに気が付いた。

そこへ「待てえっ！」とすごい剣幕で店の番頭や手代が現われた。

「清吉さん、そのわっぱを捕まえてください」

どうやら子どもは本当に盗人のようだった。

清吉という名を聞いて、子どもの表情が変わった。距離はあったが、まじまじと清吉の顔を見たその口が静かに動いたのを清吉は見逃さなかった。

「あいつ……とうちゃん、と言いやがった」

清吉にも、相手が息子であることがわかった。

「三太！」

叫ぶと、子どもはあきらかに狼狽した。

そこへ庭に下りた手代たちが飛びついた。が、子どもはすっと姿を消したかと思う

と、次の瞬間にはもう塀の上に立っていた。

一瞬だけ振り向いた子どもは、清吉の方を見て「ごめん！」と叫んだ。

そして、そのまま塀の向こうへと飛び降りて何処かへと姿をくらました。

清吉は目を白黒させている森川屋の番頭に「あれは自分の息子です」と頭を下げた。

だが、それが十数年前に死んだ息子と聞くと、番頭は困ったような顔をして「見間違

いでしょう」と話をそこで終わらせた。

清吉の方はそれでは終われない。断りを入れ、手にあったかんなを持ったままこう

して女房のいる長屋へと戻って来たのだった。

「ば……ば……ば……」

話を聞いたおたまは、金魚のように口をぱくぱくさせていた。

「ばか言ってんじゃないよ！」

つばが亭主の顔に飛んだ。

「三太が生きているわけないだろう」

もっともだった。

「よしんば生きていたとしてもだよ。あの子が死んだのは十六年も前だよ。生きていりゃあ、ほれっ、そこでぬぼーっとして立っているでくのぼうと同じくらいの歳になっているだろうよ」

みんなの目が代三郎に集まった。

「あの、おたまさん、ぬぼーっとして立っているでくのぼうって俺のこと?」

「それが子どものままで現われただって、そんなことあるわけないだろう!」

おたまはかりにも大家をばかにしたことなどまったく意に介さずにつづけた。

「だから、幽霊かもしれねえって」

「冗談じゃないよ。高いお布施を払って建妙寺で供養してもらったのを忘れたかい」

「忘れやしねえよ。それよかお前、建妙寺の名は……」

「ああそうだったね。みんな、今わたしが言ったことは忘れておくんなさい。ついでにうちのばか亭主が口走ったことも聞き流してくださいな」

「おたま、本当なんだ。お前だってあの場にいたらわかるはずだ」

「だから、ばか言うでないよ。だったらなんであんたんところに出てあたしのところに出ないのさ。あの子はそんな不義理な子じゃないよ。病で死ぬときだって、あたしのところに、かあちゃん、かあちゃんって、あたしの手をとって逝ったじゃないかい」

思い出したのか、おたまの目は潤んで見えた。

「おたまさん、これこそご供養の甲斐があったってもんじゃないの」

一緒にいたおかみさんの一人が言った。

「そうよ。きっと仏様が死んだ息子さんに引き合わせてくれたんじゃないの」

別の一人も言葉を重ねた。

「そ、それにしたって、どうして三太が盗みを働いているのさ。よくわかんないね。あたしゃ三太をそんな子に育てた覚えはないよ」

「あいつは、俺にごめんって言った。なんかわけがあったに違いねえ。あの人形みたいなおかしな格好もそうに違いねえ」

「清吉さん、人形みたいな格好と言っていたな。それって座敷わらしのことかな」

代三郎が確かめた。

「ああ、そうだ。あのなりは座敷わらしだ」

「だとしたら、広州屋さんのところに盗みに入ったガキんちょと同じかい」

言ったそばから、おたまははっとなった。

「まさか三太のやつ、広州屋さんまで……」

「いや、それはないだろう。清吉さんの話を聞いていると、どうも同じ頃みたいだし

な。それに清吉さんが見ているんだ。十何年か経<rt>た</rt>っていたにしても、息子の顔を見間

違えたりはしないだろう」

言いながら、「三太のやつ、よかったな」と思っている自分がいた。

どこかで見た顔だなと感じたのは間違いではなかった。

なんのことはない。こうやって目の前にいる清吉を見ると三太と似ていた。

あのまま闇に引き込まれて黄泉<rt>さ よ</rt>を彷徨うことにでもなっているのかと案じていたの

だが、どうやらそうではなかったらしい。とりあえず「霊」として無事にしていたと

いうだけでほっとした。

しかし、話からすると、どうやらまた三太は魔物によって〈わらしもどき〉にされ

たようでもある。

「それにしたって、盗みを働くだなんて……」

清吉もおたまも首を捻っていた。

「さあ、それは俺にもよくわからない。誰か裏で糸を引いている者でもいそうだな」

「旦那<rt>だんな</rt>、誰かって誰ですかい?」

「仏様かなんかが、この世に戻してやるから盗みを働けとかね」

適当に言っているように聞こえるだろうが、実は全部本当のことだ。

「なにをわけのわかんないこと言っているのさ、この旦那はもう」

おたまは相手がぐうたら大家だということを思い出したらしく、苦笑いしてみせた。

「代三郎さーん」

通りに出ていた於巻が戻って来た。

「どうなっちゃってんの。あっちこっち大騒ぎだよ」

「なにがどうした？」

「どうしたもこうしたも」

町は「座敷わらし」の話題で持ちきりだという。方々に「座敷わらし」が現われては金品を盗んで逃げ回っている。それも人々を嘲笑するかのような態度をとって、と。

「座敷わらしって家につくって妖怪だろう。ふざけているね」

息子のことはさておいて、おたまが怒りだした。

「そんなの神田明神に頼んで祓っちゃえばいいのさ」

おかみさんたちも同調する。於巻は心配そうな顔をしている。

「町の人たちもみんなそう言っているよ。座敷わらしを取っ捕まえて火あぶりにしろだとか」

「火あぶりとはおだやかじゃないなあ」

まずかった。盗みを働いているのは本物の座敷わらしではなく、建妙寺から来た〈わらしもどき〉たちのはずだ。このままではありがたい存在のはずの座敷わらしが悪者にされてしまう。

「栗坊、来い！」

家のなかでじっとこちらを窺っていた栗坊を呼んだ。すぐに出てきた栗坊を抱き上げる。

「俺もちょっと外に出てきます。於巻、一緒に来い」

みんなにそう言って、裏木戸をくぐる。

「どこ行くの？」

「マルメのとこだ。家の前まで行ったら栗坊を放して呼び出そう」

「この騒ぎ、〈わらしもどき〉たちの仕業だよね」

「お前もそう思うか。にしたって、なんでこんなに目立ったやりかたをするんだろうな」

「そうね。今まではどっちかというとこっそりだったのに」

「昨日ああいうことがあったからな。魔物もやりかたを変えたのかもしれない」

「あっちにもこっちにも、総がかりって感じね」

「ああ……」

通りに出ると、「御用」の提灯を掲げた同心たちが番所の前に陣取っていた。騒ぎに奉行所が乗り出して来たようだ。

座敷わらしを見かけた者は、すぐに番屋に報告せい」

役人が木戸を通る者たちにそう告げている。

「いけないなあ。すっかり座敷わらしのせいにされているぞ」

「そうね。どうなっちゃうのかしら」

「どうもこうもねえ」

声に、代三郎と於巻は振り向いた。すぐ真後ろにマルメとミイヤとサイサイがいた。

「お前ら、いたのか」

「〈わらしもどき〉どもが。ふざけくさって」

座敷わらしの顔は怒りに燃えていた。

「コタンだかなんだか知らねえが、おらたちがぶっつぶしちゃる」

「この騒ぎ、魔物の仕業なんだな」

「ああ、昨日の騒ぎで、おらたち本物の座敷わらしが感づいたことに気が付いたんだべ。それでわざわざこんな嫌がらせをしてきやがったんだ」

「んだ」

ミイヤも眉を吊り上げていた。

「コタンのやつ、どうせ座敷わらしごときがって小馬鹿にしているに違いねぇ」

「このままじゃおらたち座敷わらしが盗賊になっちまう。濡れ衣着せられて黙っているわけにゃいがね」

サイサイは言いながら、膝を折り「ふん！　ふん！」と突き押し相撲の真似をしている。こんなに怒っている座敷わらしたちを見るのは初めてのことだった。

「お前たち、昨日みたいに俺と栗坊をあの寺に連れて行ってくれるか」

「まかせろ。行くぞ」

三人が代三郎の着物に手をかけた。

「あっ、ちょっと待った。三味線を忘れてる」

これがなければ話にならない。武者に槍がないようなものだ。

「わたしが取って来ようか」

「俺が取ってくる」と答えた。

慌てん坊なんだから、と笑う於巻に「俺が取ってくる」と答えた。

裏木戸に戻る。井戸のまわりにはもう誰もいなかった。くぐって家の戸口をまたぐ。

土間に入った瞬間、違和感を覚えた。栗坊が腕から抜けて居間に飛び降りた。すぐに

人の姿になった。

「代三郎、三味線はどこ?」

昨夜はこの居間に置いて寝たはずだった。

「まさか」

咄嗟に柱の札を見る。

「俺たちのいない間に……」

「ぼく、奥を見て来る」

今日は茶屋はまだ開けていない。栗坊は暗い店のなかへと入って行った。

「代三郎さん、大変だよ」

おたまが戸から顔を出した。

「また出たよ。あれ、あんたの三味線じゃないかい。座敷わらしが何人かで持って行

っちゃったよ」

「いつだ?」

「今だよ、今、けたけた笑いながら向こうの通りに運んで行っちまった。うちの亭主

が追いかけた」

「そうかい」

奥にいる栗坊に於巻たちに知らせるように頼んだ。

無駄足だとわかっていたが、自分は路地を抜けて裏通りに出た。先の方から清吉が戻って来るところだった。

「旦那、申し訳ねえ。してやられた」

清吉はおもいっきり走ったらしく、見るからに消耗していた。

「まさか旦那の家の中にいたとはな。茶屋の方から入ったのかな」

「茶屋はまだ開けていなかった」

札から出てきたに間違いない。油断していたこちらに責任がある。大猫さまの力が働いているとはいえ、三味線を盗み出すことくらいならできる。

「どこに消えた?」

「日本橋の方に逃げた」

「ありがとう、清吉さん」

おそらくは建妙寺に行ったのだろう。追いかけて取り返す他なかった。

「いったいぜんたい、なにが起きているってんだ。かんな屑みてえなあっしの頭じゃさっぱりわからねえ」

「まったくだね」

「今日は仏滅でしたっけ」

「さあ、俺はそういうの疎いんでね」

仏滅だろうが大安だろうが、魔物にとっては最悪の日にするしかない。

〈退治するのみだな〉

しかし肝心の三味線がない。三味線がなければ何もできないに等しい。取り乱してしまいそうな気持ちをぐっと抑える。ここは慌てても始まらない。なんとか善処する他ない。そのためには一刻も早く建妙寺に行かなくては。

家に帰ると、薄暗い茶屋の土間からみんなの声がした。

「代三郎さん、どうだった」

灯明を持った於巻が竈に立っていた。

「ものの見事にやられちまったよ」

肩をすくめてみせる代三郎にマルメが「栗坊から話は聞いた」と頷いた。

「焦るでねえ。おめの三味線を盗んだってことは、やつらはおめたちのことを恐ろしがっているってことだ。三味線さえ取り返せばコタンなんぞいちころだべ」

「神だのなんだのと、まったく何者なんだろうな」

魔物であるのは間違いない。

とはいえ、魔物にしては人間の小悪党のように手のこんだことをする。手下を使嗾するあたり、なにか素姓に謂われがありそうだった。

「仏様に化けるとは、ただの魔物ではねえべ。おそらくは祟り神かなんか、そんなところじゃねえか」

「祟り神か……」

「北だのなんだのと方角にこだわるところなんぞは方位神かもしれねえな」

「方位神って神様だろう。神様が悪事を働くのか?」

「方位神には吉神と凶神がおる。凶神だったら祟り神やら魔物に変化してもおかしくはねえ」

さすがに何百年も生きているだけあって、マルメたちは物を知っていた。

「んだ。人をうまくだまくらかして、こうと決めた方角を拝ませて銭を巻き上げたり病に罹らせたりする。祟り神にはそういう悪さをするのがいるっていうのを聞いたことがある」

ミイヤが裏付ける。

「それがなんで地蔵菩薩のふりをするんだ?」

「さあな。水子や幼子の霊を手下に使うのには仏様に化けた方が都合いいと考えたん

「だべ」

「どうして水子や幼子の霊なんだ。霊なんて他にいくらでもいるだろう」

「そりゃ、子どもの方が騙して使いやすいからだ」

「あの寺を選んだのは、地蔵菩薩と水子幼子の霊の両方が揃っているからか」

「おらは魔物じゃねえが、ま、そんなとこじゃねえか」

「だとしたらへんなやつに目をつけられて、住職たちもいい迷惑だろう。

「汚い野郎だな」

腹が立ってきた。なにが気に食わないって、純粋無垢な子どもたちを手先に使っていることが許せない。

「まったくよ。神様ってのはあれだな。いいやつも悪いやつも同じ穴の狢だな。自分じゃやらずにすぐ人にやらせるんだよな」

そうぼやく代三郎の目は神棚の招き猫に注がれていた。

「代三郎さん、大猫さまと魔物を一緒にすることないでしょ」

於巻が口を尖らせる。

「似たようなもんだ。違うのは善か悪かってことくらいだ。な、栗坊」

「さあね。ぼくはなにも言わないよ」

童子はあさっての方を向いて笑っている。

「それよか、ここで話し合ってても始まらないでしょ。建妙寺に行こうよ」

「そうだな」

問題は、盗まれた三味線がどこにあるかだった。

「たぶん本堂だべ。千両箱なんかと一緒にあるんじゃねえか」

ミイヤやサイサイによると、目くらましの結界がいちばん強いのは地蔵菩薩像のまわりらしい。だとしたら三味線もそこにあると思われた。

「そろそろ〈わらしもどき〉もみんな寺に戻っているころだべ。おらたちも行くべ」

マルメが腕をまくった。

今はまだ昼だ。夜に比べれば本堂にも近づきやすいだろう。

「んじゃあ、行くとするか」

代三郎は、神棚に向かって柏手を打った。魔物退治の成功を祈る。「はい」と於巻の声がした。栗坊と於巻も打つ。

目を閉じ、

「ん、大猫さまがなにか言ったのか?」

訊いてみた。

「ううん、別に」

於巻は答えると、「どれ、わたしは店を開けるかな」と茶屋の大戸を開けた。

通りはあいかわらずざわついているが、嵐はすでに過ぎ去ったというふうだった。

「於巻ちゃん、やっと開けてくれたかい」

覗きこんできたのは佐ノ助だった。

「ごめんなさい、まだ茶は入れていないのよ」

「待つからいいさ。今日はもうどこもかしこもてんやわんやで商売になりゃしねえよ」

貸した金の集金に行っていたという佐ノ助は、出された縁台に「よっこらしょ」と腰掛けた。

「いまも二軒ばかりまわってみたら、俺より先に座敷わらしが来て銭を持って行きやがったっていうんだ。いつもなら、ふざけんな、つくにももっとましな嘘をつけってどやしつけるとこだけど、肝心の俺がこの目で見ちまったからなあ」

「ここにも盗人が入ったわよ」

「本当かよ。番屋にゃ届けたかい」

「届けたところであとまわしね」

「まあ、しょうがねえな。いったいなにが起きてんだろうな。さっぱりわかりゃしね

え。江戸中に鼠小僧（ねずみこぞう）が現われたってな感じだな。そこらじゅう町方がかけずりまわっているけど、誰一人盗人をつかまえることができずにいるよ。お、代三郎さん、お出かけかい」

横を通り過ぎる代三郎に佐ノ助が声をかけた。

「ぽーっと歩いていると懐の物が危ないぜ。気をつけてな」

「栗坊がいるから平気だよ」

肩には猫になった栗坊がいる。横にはわらしたちもいるのだが、佐ノ助の目には映っていて映っていない。

「それじゃあ於巻、たのんだぜ」

「はいよ」

返事をした於巻は、マルメに「さっき言ったこと、忘れないでね」と声をかけた。

マルメは「おお」と気のない声で応じた。

「なんの話だ」

「なんでもないわよ。そっちこそがんばってね」

「ああ」

店から外に出る。頭上に秋の高い空が広がった。

十　金神

太陽の位置からすると朝四ツ（午前十時頃）といったところか。

「いいか？」とマルメの小さな手がふれてきた。「頼む」と答える。

次の瞬間には、もう代三郎は建妙寺の山門にいた。

「うっわ、なにこのすごい妖気は」

山門の前で猫から人の姿になった栗坊が鼻をつまんだ。

「そんなにすごいか」

代三郎もただならぬ気配を感じてはいたが、三味線がないこともあって栗坊ほど鋭敏にはそれを捉えることはできなかった。

とにかく、同じ昼だというのに昨日とは様子が全然違うようだ。

「寺は開いてはいるみたいだな」

山門は開け放たれている。真っ直ぐつづく参道に人影はない。

開いてはいるが、どこか人の出入りを拒むような空気が漂っている。

マルメがしゃがみこんで参道にくんくんと鼻を寄せた。

「ああ、くせえくせえ。ひょっとして、やつは遷移（せんい）する気なのかもしれねえ」

「遷移？」

「ねぐらを変えるってことだ。方位神の祟（たた）り神（かみ）はときどき動くんだ。どこか町なり村なりに狙いをつけるべ。そうしたらそこから見て鬼門の方角に自分の身を置くんだ。遷移にゃ力が要るからな。妖気をぷんぷんさせているのはそのせいだべ」

「じゃあ、ぼやぼやしていると、ここからいなくなっちまうってことか」

「んだ。ここの祟り神は昨夜おらたちや代三郎に居場所を知られてしまっただろう。面倒なことになる前に姿をくらまそうと決め込んだんじゃねえか。きっとその前にやるだけやっちまおうと〈わらしもどき〉たちに暴れさせたのかもしれねえ」

「コタンの野郎がいなくなったら、残された〈わらしもどき〉たちはどうなるんだよ」

「さあなあ。悪さしたからな、地獄にしょっぴかれて閻魔（えんま）様の前に引っ張り出されっかもなあ」

ミイヤが答えた。

「そりゃ気の毒だな。なんとかならないかね」

「わかんねえぞ。普段はお優しい方だからな。お情けかけてくれっかもしんねえ」

「ミイヤ、お前、閻魔様を知っているみたいだな」

「だてに八百年もわらしやってねえよ」

いまひとつ緊張感のない会話をかわしながら山門を抜けて参道に入った。

「人の気配がないな」

「人の気配はないけど、妖しい気配はいっぱいだよ」

栗坊は眼光鋭くあたりを見回している。

「だろうな。どうなっている」

「わらわら集まって来ているね」

「ああ、〈わらしもどき〉どもの匂いでぷんぷんだ」

マルメは後ろにいたサイサイを呼んだ。

「どうも多勢に無勢な気がする。おめは外に出ろ」

「わがった」

「外に出て狼煙さあげろ。手はずどおりにな」

「うん」

サイサイは頷くと山門に走った。

それを目で追った代三郎が前に向き直ったときには、本堂前の境内は足の踏み場も

ないような状態になっていた。

　三百、いや五百か、あるいは千を超える数の〈わらしもどき〉たちが参道を塞いでいた。

「お前ら、なんかこの寺に用か」

　先頭にいる〈わらしもどき〉が詰問してきた。

「ここはコタン様の護る聖域だ。邪悪なやつは入れねえぞ」

　そう脅してくる〈わらしもどき〉の目は赤く光っていた。

「代三郎、この子たち操られているよ」

　横で栗坊が囁いた。

「あいつの仕業だ」

　本堂の階段を上ったところに、昨夜会った修験者がいた。巻き紙を手に持ち、経かなにかを唱えている。

「祟り神の真言だべ」

　マルメが、ずいっと前に出た。

「おうこら、もどきども。おらたちはおめえらを助けに来てやったんだ。邪魔せんと道さ開けろ」

「誰が開けるか、この妖怪」

そう言い返してきたのは、三太だった。

「三太じゃないか」

代三郎が声をかけた。

「俺だ、覚えているだろう」

三太は返事をしなかった。かわりに赤い瞳で睨んでくるだけだ。

「うーん、もとを絶たなきゃ駄目そうだな、これは」

〈わらしもどき〉たちをどかせるには、おそらくあの真言を止めねばならない。

「栗坊、猫に戻れるか？」

猫ならば、あるいは〈わらしもどき〉たちの間を縫って走れるかもしれない。

「無理みたい。今念じたけど駄目だった。夜と同じだよ」

「妖気が邪魔をしているか」

「とにかく三味線だね」

などと言いあっているうちに、〈わらしもどき〉たちに三方を取り囲まれてしまった。

「コタン様の子らよ」

修験者が叫んだ。

「そこにいる者たちは神域を侵す不届き者だ。取り押さえたうえその身を引き裂け。

腹を割り、臓腑をコタン様に捧げよ」

「じょじょじょ、冗談じゃないぜ」

腹など引き裂かれてたまるものか。しかし、〈わらしもどき〉たちはじわじわと迫って来る。

「来るな。お前たちとは戦いたくない！」

栗坊が叫ぶが、もちろん通用しない。

「代三郎、慌てんな」

マルメとミイヤは落ち着いている。

「これが慌てずにいられるかよ」

考えなしに山門をくぐったのが悪かったか。いくらなんでも行き当たりばったり過ぎた。

「ひっとらえよ！」

修験者が号令した。

「わあああ————っ！」

〈わらしもどき〉たちが拳をふりあげて走り出した。

「ひぇええ————っ！」

いっとう先にくるりと向きを変えて逃げ出したのは、むろん代三郎である。

「あ、ずるい。待ってよおおお————っ！」

栗坊もついて来る。ここはひとまず退散だ。

マルメとミイヤも「うへっ」と駆け出した。

「逃がすでない！」と修験者の声が響く。

参道を山門に向かって走った。背後からはどどどっと〈わらしもどき〉たちが追いかけて来る。

「わあああ————っ、来るな来るな来るなあ————っ！」

こうなると魔物退治の面目もなにもあったものではなかった。

「やだやだやだ！　臓腑をとられるなんてやだああああ————っ！」

「ぼくもやだあ————っ！」

「ああ情けねえ」と横でぼやくマルメの声を聞きながら、代三郎と栗坊は駆けた。駆けた。駆けた。

が、山門まであと半分といったところまで来たときだった。

「うひゃっ！」

　勢いでつんのめりそうになりながら、それでも代三郎はどうにか転ばずにとまった。草履が摩擦で「ざざっ」という音とともに煙をあげた。

「う、う、うそ……」

　目をいくらパチパチさせても幻ではなかった。

〈挟み撃ちか？〉

　逃げようとした山門、そこから座敷わらしのなりをした子どもたちがなだれ込んでくる。

「ひぇえっ！」

　絶体絶命だ。

「くそっ、ここでおしまいかよ！」

　思えば短い人生だった。

〈ちくしょう、魔物退治になんかならなきゃよかった〉

　恐怖に歪んだ顔で後悔した。

〈くっそー、大猫さまめぇぇぇ——〉

　いつかこんな日が来るのではないかと思っていた。魔物によって惨めに裂かれる自

分を想像しては、震えたことが何度あったか。

それもこれもあの横着な郷神に目をつけられたからだ。

だが、大猫さまを恨んでいる時間はなかった。

どどどどどっという地響きとともに大群が迫る。

〈さようなら、この世……〉

殺るなら一瞬で。痛いのは嫌だ。

今際の際の願いを頭に思い浮かべ、瞼を閉じて両手を広げた。

〈さあ、殺っておくれい〉

が、なにも起こらない。

かわりに感じたのは風だった。風が頰を撫で、裾を揺らした。

……なんだ？

おそるおそる目を開けてみた。

前方の参道には誰もいない。山門の向こうに、サイサイと思わしきわらしと、通り

がかりだろうか、女のものらしい人影がひとつ見えただけだった。

「代三郎！」

栗坊の声に振り返った。そこには座敷わらしたちの背中があった。

「みんな本物の座敷わらしだよ。味方だ」

見渡すと、数百もの「座敷わらし」たちが参道を埋め尽くしていた。

「サイサイが江戸中の座敷わらしたちを呼んだみたいだ」

なるほど。敵かと思ったのは早合点だったらしい。

「マルメの言ってた狼煙をあげろっていうのは、こういうことだったか」

座敷わらしたちの登場に、〈わらしもどき〉たちも動きをとめていた。双方が五間

ほどの距離を置いて睨み合っている。

「くおらっ、ニセモノども」

マルメが口火を切った。

「悪さすんのもほどほどにせえ!」

「なにが悪さだ!」

言い返したのは三太だった。

「俺たちは悪い銭をきれいにしているだけだ。妖怪なんぞに言われたかねえな」

そうだ、そうだ、と〈わらしもどき〉たちがつづく。

「その妖怪に化けてんのはどこのどいつだ。座敷わらしの評判さ落とすとはいい度胸

でねえか」

んだ、んだ、と座敷わらしたちが首を上下に振る。

「お前らこそ江戸になにしに来やがった。田舎者が、とっとと帰りやがれ」

ベー、と三太が舌を出した。

「おめたちこそ、幽霊は幽霊らしくお陀仏してろ！」

んべえー、とマルメがやりかえす。

「ぬかしやがったな、妖怪の分際で人間様に」

「なあにが人間様だ、身体もねえくせに。幽霊にお陀仏しろって言ってなにが悪い」

「うるせえ。俺たちは生まれ変わるんだ。お陀仏なんかしていられっか。ひっこんでろ！」

こうなると、わーわーぎゃーぎゃーの罵りあいにしかならなかった。

「泥棒がなにぬかす。閻魔様の前さしょっぴくど！」

わらしが吠える。

「てやんでえ、俺たちにゃ地蔵菩薩様がついてらあな」

〈わらしもどき〉たちが啖呵を切る。

「ガキだからってなめんなよ。こちとら江戸っ子でえ！　喧嘩だったら受けて立つ

ぜ！」

「おうよ。俺なんかその喧嘩で頭打ってくたばっちまったんだ。もうこわいものなんかなにもねえぞ！」

「あんたらまとめて簀巻きにして大川にぶちこんでやろうかい！　泣いたって助けやしねえよ」

子どもたちはお里が知れるような口調で唾を飛ばしている。

「なあになめた口さ叩いている。このずぐだれども！」

「きちゃがましいガキどもだあ。泣きべっちょかかせたる」

「けっちゃらぐるぞ、うりゃ！」

座敷わらしたちも口が減らない。

みんながみんな騒ぐものだから、後ろの方で修験者がなにか叫んでいても届かなかった。

「つべこべ言っててもはじまんねえ！　かかってこい」

〈わらしもどき〉たちが四股を踏んだ。

座敷わらしたちも「うんせえっ！」と踏み返す。

わらべとはいえ合わせて軽く千人以上はいる。四股を踏むたび地面がぶるぶると揺れた。

「おりゃあ——っ！」

「うわああ——っ！」

声とともに、わらしたちは入り乱れての取っ組みあいに入った。

投げ飛ばされて宙を舞うのもいれば、押し返されて将棋倒しになる者たちもいる。

「代三郎、栗坊、今だ、行くべ」

マルメの合図で走り出す。ミイヤが先頭となり、参道の端を本堂へと駆けた。

「どすこーい！」

邪魔立てしてくる〈わらしもどき〉をミイヤがはじき飛ばす。

その隙に塔頭の塀に沿って本堂に迫った。大半の〈わらしもどき〉たちは本物たち

との戦いに夢中で自分たちには気付かない。

〈わらしもどき〉たちの群れを抜けた。

がらんとした広場の先に富士を思わせる大きな屋根の本堂がある。その正面に修験

者がいた。

「き、貴様ら！」

修験者が巻き紙を投げつけてきた。それをかわしたマルメが「ふん！」と地を蹴っ

て飛んだ。

鞠のようにくるくると宙を回転したわらしの足が、男の顔面にめりこんだ。

「ぐわっ！」

男がのけぞった。そのまま仰向けに倒れて「ゴン！」と地面に頭を打った。

「この隙だ、代三郎、栗坊、行け！」

昏倒しかけた男を横目に階段を上がる。賽銭箱を飛び越えて堂内に入った。

「あっ」

畳の上に住職たちが倒れていた。

意識を失っているようだ。妖気にやられたらしい。

堂内の中央には、十数尺はあろうかという金色の地蔵菩薩像が据えてある。

「三味線はどこだ？」

栗坊が像の後ろに回り込んだ。

代三郎もつづいた。屋根を支える太い柱に挟まれた広い空間に、千両箱や櫃などが山と重なっている。だが、代三郎の三味線は見当たらない。

「魔物のくせに、こんなに金をほしがってどうするんだ」

訝って首を捻っているところに、〈知れたことよ〉とどこからか声が響いた。

〈我は金神なり。名の通り金を喰らい己が力に変えるのよ〉

魔物の声のようだ。背を向けている地蔵菩薩像から響いている。

「金神だと？」

「やっぱりだ。マルメたちの言っていた方位神だよ。大猫さまから聞いたことがある」

栗坊は知っているようだった。

「神といっても凶神だ。倒すのになんの遠慮もいらないよ」

すっと太刀を抜く栗坊に迷いはない。しかし、代三郎には三味線がない。

〈お前たちか？〉

声が大きくなった。そう感じたのは、鎮座しているはずの地蔵菩薩がこちらを向いていたからだ。

お地蔵さんといえば、子どもを護る優しい菩薩様だ。だが、目の前にいるのは目を吊り上げた鬼のような菩薩像だった。

〈我が使い魔を闇に沈めたのは、お前たちだな？〉

美元のことを言っているらしい。

「代三郎、ぼくが引きつける。その間に三味線をさがすんだ」

小声で囁く栗坊に頷く。三味線はどこにあるのか、すべてはそこにかかっている。

ズシン、と床が揺れた。

〈気に喰わん。　踏みつぶしてくれる〉

地蔵菩薩が畳の上に下りて来た。

仏像は代三郎と栗坊を睨みつけると、右手に持った錫杖を一回転させて畳に突き刺した。またズシンと床が鳴った。

「なにが気に喰わんだ。　菩薩様に化けてなどいないで姿を見せたらどうだ」

栗坊が言い返す。

〈姿など、知ったことか〉

ぶん、と空気を裂く音がした。　地蔵菩薩の手にあった錫杖が宙を切る。　ぎりぎりのところで後ろに飛んだ栗坊が姿勢を直す。

「なぜ江戸の町で騒ぎを起こす」

言いながら、栗坊は目配せしてくる。

「たとえ凶神とて、かりにも方位神であるならば、ただ唯一、方位を冒す者だけに災いを及ぼすものではないか。　それがなぜ使い魔を用いて金品など漁る。　分を知るべきではないのか」

いつもの栗坊ならば魔物相手にこんな繰り言は口にしない。

そうしているのはひとえに時間を稼ぐためだった。

代三郎は四方を見回した。

三味線はどこにある。この本堂の中か、それとも別の場所か。

〈取られたものを取り返すまでのことよ〉

栗坊に対する回答か、錫杖が振り下ろされる。金属音が鳴る。栗坊の太刀が錫杖を

はじく。三味線のもたらす神力がない今の栗坊の力ではこれが精一杯だろう。

「くそっ、どこだよ」

堂内を駆け回って三味線をさがす。

供え物の山にも、千両箱の間にも、それらしきものはない。

本堂のすぐ外では、マルメとミイヤが立ち上がった男を引き止めている。その向こ

うではわらしたちがもみあって土埃（つちぼこり）が立っている。

なにか知っているかもしれないと、試しに近くで気を失っている僧侶（そうりょ）の身体を揺り

動かしてみた。が、意識が戻らない。

「ちくしょう！」

にっちもさっちもいきそうにない。本堂の外だとしたらどこだろうか。この広い境

内の内では当てずっぽうにさがしても見つかるとはとても思えない。

後ろでは、ガンガンゴンゴンと錫杖を打つ音が聞こえる。

栗坊は防戦一方だ。

太刀を弓に持ちかえて射かけているが、地蔵菩薩像のかたい表面に弾き返されている。

やはり三味線がないと太刀も矢もいつもの半分の力も出ない。

それでも住職たちのように自分や栗坊が昏倒せずにいられるのは、どこかそう遠くない場所に三味線があるからだ。

化け猫の皮を張った三味線にはそれ自体に霊力が宿っている。

この世でただ一人、その力を最大限に引き出せるのが代三郎だ。

魔物が出現したのだから肌身離さずにいるべきなのに、つい家の中だからと油断してしまった。こんな事態を引き起こした責任は自分にある。

「喰らえっ!」

栗坊の声が響いた。放った矢がまたはじかれたのが見えた。

視界の隅で、はじかれた矢が宙に架かる梁と梁の間を抜けて天井に当たった。見えたのは、それだけではなかった。

「あっ、あんなとこに!」

三味線が梁から縄で吊るされていた。

高さは二十尺（約六メートル）はあるだろう。手をのばして届く距離ではない。

「栗坊、三味線があった！」

「どこ？」

「あそこだ」

梁を指さす。　栗坊なら猫になって簡単に上れるはずだ。と、そこまで考えてすぐに気付いた。

「くそっ、この境内じゃ三味線がなきゃ猫にはなれないんだった」

地蔵菩薩像が、察したようにニヤリと笑った。

〈取れるものなら取ってみるがいい〉

ばかにした声が頭に響いた。

「魔物、相手はぼくだ！」

栗坊が気をそらす。　その間に代三郎は近くの柱に飛びついた。　その間に代三郎は近くの柱に飛びついた。　腕をおもいきり広げればどうにかしがみつくことはできる。　木登りなど子どものとき以来だ。　蛙のような格好で、ぴょんぴょんと柱をよじ登る。

〈がはははっ！〉

魔物が笑った。ズシン、という音とともに大きな揺れが襲ってくる。

「わわわっ！」

せっかく半分ほど登ったのにすべり落ちてしまった。

〈無駄だ！〉

魔物はわざと床を鳴らして代三郎へと迫ってきた。

「待てっ！」

背後に栗坊が飛ぶ。

太刀をふりかざし一閃。が、これは罠だった。

魔物は待っていましたとばかり振り返り錫杖で栗坊を打った。

童子が宙を舞い、壁に激突した。

よほど重たい一撃と見えて、栗坊ははじかれることもなく壁に張りついたままドサッと床に落下した。

「栗坊！」

〈こわっぱが、この金神に楯突くとは〉

魔物は今度は代三郎に狙いを絞って錫杖を振ってきた。

「わああっ！」

柱に隠れてかわす。相手が振りかぶったところでその足もとに滑り込み、反対側へと逃げる。そこへ追い打ちの錫杖が打ち込まれる。鼻先を鉄の棒がかすめる。

「うわわっ！」

裏側に逃げて、積んであった小判を投げつけた。

〈ええい、ちょこまかと〉

仏像は苛立ちながら追って来る。

ここはいったん本堂の外に逃げるしかない。でないとやられるのは時間の問題だ。とはいえ、三味線がなければ元の木阿弥だ。

「ああやだやだ。なんで魔物退治なんかしなきゃいけないんだよおっ！」

そんな場合ではないというのに愚痴が出た。

逃げ回っているうちに栗坊の横にまで来た。栗坊は壁にもたれたまま意識を失っている。

ズシン、ズシン、ズシン、と音を響かせて魔物がやって来た。

〈お前たちは……〉

見下ろして来るその目は怒りに赤く燃えていた。

〈お前たちは誰の指図でわしの邪魔をする〉

答えない代三郎に、金神を名乗る魔物はたたみかけた。

〈武塔神（むとうのかみ）の手の者か〉

赤い目がギラリと光った。

〈またわしの財を奪いに来たか……許さん！〉

「違う！」

答えながら、「しめた」と思った。

「あんたの財を奪いに来たんじゃない。俺たちは魔物退治だ。江戸の町に災いがあれば相手が神だろうがなんだろうが立ち向かうのが俺たちだ。人の財を奪っているのはあんたの方だろう」

言い返すと、相手はのってきた。

〈誰の財だろうがかまわん。取られたものはそのぶん取り返す。それが我がコタン一族の流儀ぞ〉

「めちゃくちゃな流儀だな。それで罪のない人の財を奪うか。断食療法などとまやかしを言って、人が死んだりもしているんだぞ」

〈死ぬくらいどうということもなかろう〉

魔物はニヤニヤ笑っていた。

〈お前たちもわしと同じ目に遭わせてやろうか。一族もろとも八つ裂きにし、晒して
やろう〉

　縁起でもない。

「あんたよお」と問い返した。

「誰かにそういう目に遭わされたのか。その恨みを違う場で晴らそうっていうのか。
そういうのをなんて言うか知っているか。八つ当たりって言うんだぞ」

　およそ魔物のやることに筋や脈絡などありはしない。

　あっても、往々にして独りよがりで勝手なものだ。

　そんなことは百も承知の上だった。とにかく今は、こうして少しでも時を稼いで逃
げ道を見つけなくては。

〈どうやら、お前は武塔神の手先ではないようだな〉

　武塔神、その名に覚えはないけれど、名前の響きからするとどこかの神なのだろう。

　だが、と魔物は笑った。

〈そんなことは関係ない。邪魔する者はふみつぶすのみよ〉

　魔物が錫杖を振りかぶる。

　その向こうを、黒い影が横切るのが見えた。

マルメかミイヤか、それともサイサイか。

違う。

目に入ったそれは、座敷わらしたちよりももっと小さいなにかだった。

そのなにかが、柱へと跳んだ。

影は素早く天井の梁を走り、三味線を吊った縄からはずした。

すうっと、雨に重たくなった葉先からこぼれ落ちる雫のように三味線が落下した。

錫杖が振り下ろされる。

「逃げろ！」

咄嗟に代三郎は錫杖からはずれるように栗坊を蹴った。

ズン、と錫杖が畳に刺さる鈍い音が聞こえた。

〈小癪な！〉

ひょいと攻撃をかわして脇の下を走り抜けた獲物を魔物が振り返る。

その目には、落ちて来た三味線を受け止める代三郎の姿が映ったはずだった。

ベンベベンベン！

ベンベベンベン！

胸から出した撥で弦を弾いた。「うん？」と栗坊が目を覚ました。

ベンベベンベン！　ベンベベンベン！

弦の響きが化け猫の皮に反響する。音の波が幾重にも走り、堂内に谺する。やがてそれは朗々たる響きとなり、堂にあるすべてのものを包み込んだ。

栗坊がゆっくりと起き上がる。

いっぽうで、魔物の動きは鈍い。

〈貴様……その力はどこで得た〉

神を名乗る相手でも三味線の音は有効なようだった。それでも魔物は栗坊めがけて錫杖を振る。さっきの一撃がまだきいているらしく栗坊はよたつきながらそれをかわした。

「おい魔物！　地蔵菩薩に化けるたあふてえ野郎だな」

三味線のおかげで途端に勢いづいている自分がいる。我ながら調子がいいと思いながらも代三郎はつづけた。

「本物の菩薩様が知ったらさぞかしお怒りだろうぜ」

〈菩薩など知ったことか。なにが仏だ〉

早弾きにさらに力を加えて魔物へと近づく。赤い目がギラリと睨んでくる。背後では距離をとった栗坊が弓をかまえていた。

〈人間風情が！〉

魔物が空いている方の手で数珠をぶんぶんと振り回した。

〈死ねっ〉

数珠が宙を回転しながら代三郎へと迫った。

〈なにっ？〉

当たったかと思った数珠は、代三郎の手前ではじき返された。

「お前と同じだ。結界を張っているんだ。どんな魔物もこの結界の内側には入って来られないんだよ。そうそう、そうやって驚いているがいい。そうしているうちに背中に熱いものが飛んで来るぞ」

「ぬ？」と魔物が振り向こうとした瞬間だった。

「ぐっ！」

栗坊の放った矢が魔物の背を突いた。

つづけて、二の矢、三の矢が飛んだ。

「ぐおっ」

二の矢が首に刺さった。

「がっ！」

三の矢は振り返った魔物の右目を射抜いた。

〈んがあっ！〉

獣のような叫びが堂内に響き渡った。

「魔物、覚悟！」

栗坊は矢を放つ手をとめない。

四本目、五本目、六本目と突き抜く矢に、魔物は「うあうううう」とのたうちなが
らうめき声をあげた。

代三郎はじりじりと間合いを詰める。目には見えぬ結界が、魔物を圧迫していく。

栗坊が太刀を抜いた。とどめを刺すなら今だった。

「この剣を受けて黄泉（よみ）へと浄化せよ！」

斬りつけようとしたその瞬間だった。

地蔵菩薩像の全身が赤く光った。痛いほどの光に、代三郎は思わず目を閉じた。

「……なんだ？」

瞼（まぶた）を開けたときには、地蔵菩薩像はもとあった場所に鎮座していた。

堂内には静けさが漂っている。目の前に、刀を下げた栗坊が立っていた。

「逃げられたよ」

栗坊は太刀をしまった。

「魔物のやつ、仏像から抜けて逃げたか」

「でもだいぶ力は失っているはずだ。まだその辺にいるんじゃないかな」

「追うぞ」

言いながらふと目に入ったのは、床に落ちている鈿だった。

「これは」

鈿を拾って自分の髪に挿した。ふっと、頭の上から温かさが身体全体に下りてきた。力が漲った。

本堂の正面では乱戦がつづいている。

魔物の魔力は依然として〈わらしもどき〉たちを支配しているようだ。

「金色の塊があっちに抜けたのを見たよ」

栗坊が本堂の裏手を指さした。裏の廊下との出入口を通って外が見える場所に立った。

本堂の裏側は庭園になっていた。

「どこだと思う?」

「さあ?」

そこに、聞いたことのない声が後ろから呼びかけてきた。

〈魔物退治よ〉

後ろを向くと、地蔵菩薩像のあった場所に、別のものが立っていた。唐風の道服に帽子、威風堂々とした姿は恐ろしくも見えるが、その目は優しげだった。

「もしかして閻魔様……?」

栗坊が呟いた。

「え、閻魔大王?」

〈その通り〉

口髭をたくわえた顔が頷いた。

〈あやつは金神、またの名を巨旦将来と呼ばれていた者のなれの果てだ〉

「こたんしょうらい?」

コタン、という名の正体がこれでわかった。

〈富裕ではあったが、武塔神への不親切が災いし非業の死を遂げた者よ。時を重ねるうち憎悪だけが膨らみに膨らんで、かような悪事を働くに至ったようだ。このまま捨て置くわけにはいかぬ〉

「では、捕らえて地獄に差し出しましょうか」

〈童子よ、これをやつに射かけるといい〉

「え、誰なの?」

〈お主は「魔物退治」だろう。わしが誰の変化かくらいは知っておけ〉

「ははは、と笑い声が響いた。

「でも、なんで閻魔大王様が来てくれるんだよ」

栗坊が頭を下げる。倣った代三郎にはひとつ疑問があった。

「ありがとうございます!」

〈手負いのやつにそんな力は残っておらぬよ。すぐそこだ〉

「まさか、江戸に逃げたのですか?」

艮の方角、つまり北東だ。

〈行くがよい。やつは艮の方角におる。それがやつが鬼門と決めた方位ぞ〉

閻魔大王は手に持っていた笏を堂の外に向けた。

〈それもよいが、あれでもいちおうは神のはしくれだ。お前たちの力で浄化させるだけで十分だろう〉

あんなにこわい思いをさせられたのだ。天罰のひとつも喰らっていいだろう。

「そりゃいいや。舌でも引っこ抜いてやってくださいな」

264

閻魔大王の笏が矢に姿を変え、栗坊のところに飛んできた。

それを受け取った栗坊が「確かに成敗してまいります」と答えた。

「なあなあ、置いてかないでくれよ。閻魔様って誰なんだよ」

出て行こうとする栗坊の袖を引っ張って聞いた。

「あの方だよ」

くい、と親指で示された先には閻魔大王はすでに居らず、なにごともなかったかのように地蔵菩薩が安置されていた。

「仏像しかないぞ」

「その仏像だよ。閻魔様っていうのは地蔵菩薩様の化身なんだよ」

「なんだって？　ってことは……」

「そう。さすがの地蔵菩薩様も怒ったんだよ。自分を騙って子どもたちの霊を騙して、盗人にまでさせて、これで許せるわけないじゃない」

「まあ、そういやそうだな」

「さあ、喋っていないでやっちゃおう」

二人は庭園を突っ切り、境内の北へと走った。

梅林を抜け、墓地を横切り、辿り着いた先に待っていたのは金色堂のある塔頭だっ

た。

幸か不幸か、塀の外からでもそこに魔物がいるのがわかった。魔物は、それが本来の姿なのか、それとも最後のあがきなのか、巨大な龍に変化していた。のたうちまわっているその背や首が塀を越えた向こうに見える。

門をくぐってなかに入る。

庭先にごおごおと鼻息を荒くしている龍の顔があった。

龍は代三郎と栗坊を見つけるや閉じていた目を開き咆哮した。

その口から二人めがけて火の玉が飛んできた。

代三郎はすかさず撥を取った。手首をひねり弦を鳴らす。

栗坊が弓を引く。閻魔大王から授かった矢が勢いよく放たれた。

炸裂音とともに、花火が開いたかのような火の粉が二人を包んだ。

が、代三郎と栗坊の身にはひとつの火も当たらなかった。

〈ぐわっ!〉

逆に火の玉を押し返されて叫んだのは龍の方だった。

〈ぐわああああああああああああ———〉

龍の喉が燃えていた。刺さった矢から燃え広がったそれは、地獄の業火の如き勢い

で龍の巨体のすべてを包んでいく。

代三郎は両足を踏ん張って、渾身の力で弦を鳴らしつづける。手がもげてもいい。強い思いで弾いた。鳴らした。はじいた。業火に七転八倒する龍を黄泉へと誘う、その手で音を紡いだ。

「魔物よ魔物」

苦しむ龍に語りかける。

「お前にゃお前の言い分があるんだろう」

浄化する相手に対するせめてもの慈悲だった。

「恨みも憎しみも黄泉に行けば消える。忘れるんだ」

「巨旦将来！」

栗坊が叫んだ。

「眷属とともに黄泉へと還るがいい！」

童子が飛ぶ。宙を舞い、太刀を振りかぶる。

「やあ――――っ！」

渾身の力をこめた太刀が龍の脳天を割った。

〈ぐわああああああああああああああ

――――――っ！〉

絶叫が空に吸い込まれてゆく。

宙を横切った栗坊が地に降り立ったときには、龍は微塵もなく消え去っていた。

十一　落とし物

魔物を倒した代三郎と栗坊は、座敷わらしたちの誘いを断り自分の足で建妙寺をあとにした。

コタンの消滅とともに境内に張られていた結界も消え、代三郎たちが山門をくぐるときには、寺はもう普通の日常を取り戻していた。

昏倒していた住職たちも何事もなかったかのように勤行に努めていた。

すべては地蔵菩薩によって「無」に還されたのであった。

境内がもとに戻るまでのわずかな間、本堂に帰った代三郎と栗坊が目にしたのは、コタンの魔力から解放されて争いをやめた〈わらしもどき〉たちと、それを相手に説く地蔵菩薩の姿だった。

〈お前たちは、気の毒なことに魔物に騙されていたのだよ〉

そう語りかける地蔵菩薩の瞳は慈しみに満ちていた。

〈残念だが、短くとも天寿を全うしたお前たちが親のもとに生まれ変わることはない〉

だが、と仏は付け加えた。

〈お前たちが成仏することで、お前たちの親の魂も救われるのだよ〉

地獄に落ちるのではないか、そう脅える三太たちに向かって、仏は首を左右に振ってみせた。

〈よいか。お前たちはけっして地獄に落ちたりはせぬ。ただ、そのためにはひとつやってもらうことがある〉

「やってもらうことって？」

子どもたちを代表して尋ねた三太に仏は答えた。

〈ここに積んである金を、すべて持ち主のところに返しておいで。その姿のままなら簡単にできることだ〉

〈わらしもどき〉たちは次々に立ち上がって自分が盗んで来たものを戻しに出かけた。

そのうち一部の者たちは、出かける前に地蔵菩薩に呼び止められた。

〈その千両箱の小判は、一枚ずつ貧しい家に配って来るがいい〉

「なんでですか？」

〈世には悪行で稼いだ金もある。それこそが本当の悪貨というものだ。そうした金は貧しくても心尊き人々に分け与えられることで良貨となるのだよ〉

名木曽屋の持っていた大量の小判は、御料林の木々を密売して稼いだ悪貨である。よってそれは名木曽屋には返さず良貨に変える。他にも、いくつかの千両箱がそうした良貨の対象となった。

地蔵菩薩は、寺から出て行こうとする〈わらしもどき〉たちに手の中にあった金粉を振りかけた。

宙を落ちる金粉を浴びた〈わらしもどき〉たちはそれぞれ卵のような光に覆われた。

「これはなんですか」

〈お前たちにまじないをかけておいた〉

答える菩薩の顔は微笑んでいた。

〈お前たちにはふたつの道がある。ひとつの道は、我とともに天界へと往くこと。もうひとつの道は……〉

〈したい者はこの寺に戻って来るとよい。そうしたい者はこの寺に戻って来るとよい。そ

本物の「座敷わらし」になること。

地蔵菩薩の言葉に子どもたちは驚いた。後ろで聞いていたマルメたち「座敷わらし」もだった。

〈今度の騒ぎを見て思った。江戸にはまだまだ座敷わらしが足りぬとな〉

子どもたちが盗みに入った家はどこも「座敷わらし」が護っていない家だった。

八百八町の全部はさすがに無理としても、もう少し「座敷わらし」はいてもいいだ

ろう。

〈お前たちが望むなら、そうした道もあるということだ。もちろん、霊としては天界

に昇ると同様、成仏したと扱われるので心配はない〉

異を唱える者は子どもたちの中にはいなかった。当の座敷わらしたちも歓迎した。

「おめたちがなかなか根性があるのは、さっきの相撲でよおぐわかった」

ミイヤが言うと、サイサイも「仲間になってくれるなら百人力だな」と、取っ組み

合いで擦りむいた顔をくしゃくしゃにして笑った。

「これでおらも安心して盛岡に帰れる」

マルメも満足げだった。他の「座敷わらし」たちも楽しそうだった。みんなで笑い

あっている中に、「わん！」と吠えて加わったのは二匹の犬だった。

「おお、おめたちも嬉しいか」

犬たちはぺろぺろとマルメやミイヤの顔をなめた。

〈その犬たちは、金神の使い魔となっていたものたちだ〉

一匹は本堂の前でマルメが倒した男、もう一匹は代三郎と栗坊が退治したあの「美元」を地蔵菩薩が慈悲をもって黄泉から呼び戻したものであった。

二匹とも人間にひどい仕打ちを受け、それで金神の手先となったというのだが、魔力が消えたことで本来の犬として生きることを許されたのであった。

〈犬たちはこの寺で安心して暮らせるよう、このわたしが取り計らっておこう〉

地蔵菩薩は、コタンこと金神——巨旦将来についてもその知るところを話してくれた。

仏によると、巨旦将来は『備後国風土記』に登場する人物であるとのことであった。

風土記の中の彼は裕福ではあったが、旅人が求める一夜の宿すらすげなく断るという、金持ちにありがちな吝嗇な一面を持つ男であったらしい。

それが仇をなしてか、最後には武塔神——牛頭天王によって一族もろとも誅殺されてしまった。

やがてその精魂は、凶神である金神へと変化し、人々に災いをなすようになった。

災いはときに小さくもあり、大きくもあり、数百年に一度は今回のような騒動となることもあるという。

〈茅の輪くぐりを存じておるか?〉

「神社の祭りなんかでくぐる、あの茅の輪ですか？」

それならば代三郎や栗坊も知っていた。

〈それよ。あれは人々をこの巨旦将来の二の舞にせぬための儀式なのだよ〉

武塔神は巨旦将来の一族を襲ったとき、巨旦の姪には情けをかけ、その腰につけ
いる茅の輪を目印として救ったという。

祇園社など各地の神社は、この由来に基づき今でも「茅の輪くぐり」を欠かさずに
行なっている。　地蔵菩薩はそう教えてくれた。

「考えてみれば、金神、コタンもかわいそうなやつだったんだね」

複雑な顔を見せた栗坊に、地蔵菩薩は〈心配はない。　浄化された今はやつも成仏で
きる。　その名は世に残るが、たんなる伝説の神となろう〉と諭した。

一件落着だった。

以前と違うのは、これを機に江戸の町にはこれまでに倍する数の「座敷わらし」が
棲むようになったことだ。

「江戸もますます賑やかになって、けっこうなことだ」

マルメは満足げに頷くと、「おらはそろそろ行ぐとするか」と背中を向けた。

「ちょっと待て」

呼び止めたのは代三郎だった。

「なんだ。おらがいなくなるのが寂しいか？　心配すんな。たまには江戸にも来るから」

「いやいやいや、寂しいことは寂しいけど、訊きたいのはそれじゃない」

「なんだべ？」

「サイサイは狼煙をあげて仲間を呼んだんだろう？　でも、どこで上げたんだ。そんなものは空には見えなかったぞ」

「江戸だ」

「へ？　早足で江戸に戻ったっていうのか」

「んだ」

「で、こっちに戻って来たときは、一人だったのか、それとも誰か一緒だったのか」

「わらしがいっぱい来たべ」

「わらしじゃなくて、他の誰かだよ」

「さあな」

「とぼけることはないんだぞ」

「んー、困ったな。言わねえでくれって頼まれたからなあ」

「言っているのと一緒じゃないかよ」

苦笑すると、マルメも「にひゃっ」と笑って、「んじゃ、またな」と今度こそ姿を消した。いい加減、盛岡に帰らねばならなかったのだろう。

そういえば、とサイサイとミイヤの姿をさがしたが、代三郎と栗坊が「早足」での帰りを断っていたからか、こちらも一足先に寺からいなくなっていた。

鎌倉道から東海道をのんびりと歩いた代三郎と栗坊が猫手長屋に戻ったのは、次の日の夕刻だった。

裏道の木戸から長屋に入る。

木戸をくぐる前に巡啓の家を覗くと、名医のもとには今日も病を抱えた人たちが集まっていた。「おっ」と気付く巡啓に、肩に栗坊を乗せた代三郎は「やっ」と手を挙げて会釈する。

路地に入れば、七輪（しちりん）で魚を焼く匂いが漂っている。長屋のおかみさんたちが亭主の帰りに備えて夕餉（ゆうげ）の支度をしていた。人々は「座敷わらし騒動」を忘れ、常と変わらぬ平穏な夜を迎えていた。

棟割長屋に沿って路地を歩くと、おかみさんたちや子どもたちが次々に声をかけて

くる。

「代三郎さん、昨日今日とどこに行っていたね」

「七ツ下がり（午後四時過ぎ）に帰って来るとはいい心がけだね」

「それともこれから出かけんのかい」

「夜更かしだからって夜中まで三味線鳴らさないでおくれよ」

「そうだよ。いつも赤ん坊が起きちまって迷惑しているんだ」

誰も彼も、大家相手に少しの遠慮もありゃしない。これが猫手長屋だった。

中庭ではおたまが井戸の水を汲んでいた。「おたまさん」と声をかけた。

「言い忘れていたけれど、預かったものはちゃんと建妙寺にお供えしておいたよ」

「ありがとうさん。そのおかげかねえ」

「そのおかげって？」

「いや、うちの旦那が夢で死んだ息子に会ったっていうんだよ」

昨日の騒ぎは、夢ということになっているらしい。

「そうか。そのうちおたまさんも会えるんじゃないか」

「会えるもんなら会いたいね」

「きっと会えるさ」

そう言う代三郎の目には、井戸の向こうの地面で石を並べて遊んでいる三太が見えていた。

おたまが去ったところで三太に声をかけた。

「この長屋に居着くことにしたのか」

「どうせならおかあちゃんたちのところがいいなってね。ていうか、びっくりしたよ。俺、自分の家のすぐ隣に出てきていたんだな」

「なんだ、知らないで出てきていたのか」

「あのときは夜中だったしね。どっかで見た茶屋だなとは思ったんだけどさ」

「ははは。茶が飲みたくなったらいつでも来な。羊羹もあるぞ」

三太の頭を撫でてやって、家に入った。栗坊がぴょんと跳んで人の姿になった。

「ただいま!」

栗坊の声に、茶屋にいた於巻が「おかえり」と返事してきた。

「なあにがおかえりだ、あの野郎」

代三郎は「へっ」と笑いながら、茶屋に顔を出した。

店は仕事帰りに立ち寄った客たちで賑わっていた。その間を、着物の袖をたくしあげた於巻が忙しく動き回っている。

代三郎と栗坊は自分たちで茶を入れて座敷の空い

ている場所で飲んだ。

「それにしたって、今回は地蔵菩薩様のおかげで助かったね」

栗坊が寺であったことを振り返る。

確かに、地蔵菩薩——閻魔様のくれた矢のおかげで一瞬にして魔物を退治できた。

自分たちだけだったら、最後のあの場所でさらに厳しい戦いを強いられていたかもし

れなかった。

「見るに見かねて出てきてくれたんじゃないか」

「誰かが呼んでくれたとか」

「さあな」

答えながら神棚の招き猫に目をやった。応じるように、置物がカタカタと揺れた。

客は誰も気付かないが、代三郎と栗坊にはそれが見えた。

「ちっ」

思わず舌打ちしてしまう。

「黙っていればかっこいいのに、やっぱり大猫さまだねえ」

栗坊も苦笑いしている。

「どこまでも目立ちたがり屋のじいさんだな」

二人でパンパンと柏手を打った。

「おつかれさま！」

手の空いた於巻が寄って来た。

「おう」

頷いて、髪に挿しっぱなしにしてあった鈿を渡した。

「落とし物だぜ」

「あらら。ばれちゃった」

「ばれちゃったもなにも、見えていたよ。よけいなことしやがって」

「いいの？　そんなこと言って。三味線がとれなくて泣きそうな顔をしていたのは誰かしらね」

「どうせ大猫さまの差し金だろう」

於巻は「うふふ」と笑って答えない。

神棚で、また招き猫がカタカタと揺れた。

時代小説文庫

な 20-2

猫の神さま❷ 座敷わらし軍団見参の巻

著者	仲野ワタリ
	2020年11月18日第一刷発行
発行者	角川春樹
発行所	株式会社 角川春樹事務所
	〒102-0074 東京都千代田区九段南2-1-30 イタリア文化会館
電話	03 (3263) 5247 [編集]　03 (3263) 5881 [営業]
印刷·製本	中央精版印刷株式会社

フォーマット·デザイン&　芦澤泰偉
シンボルマーク